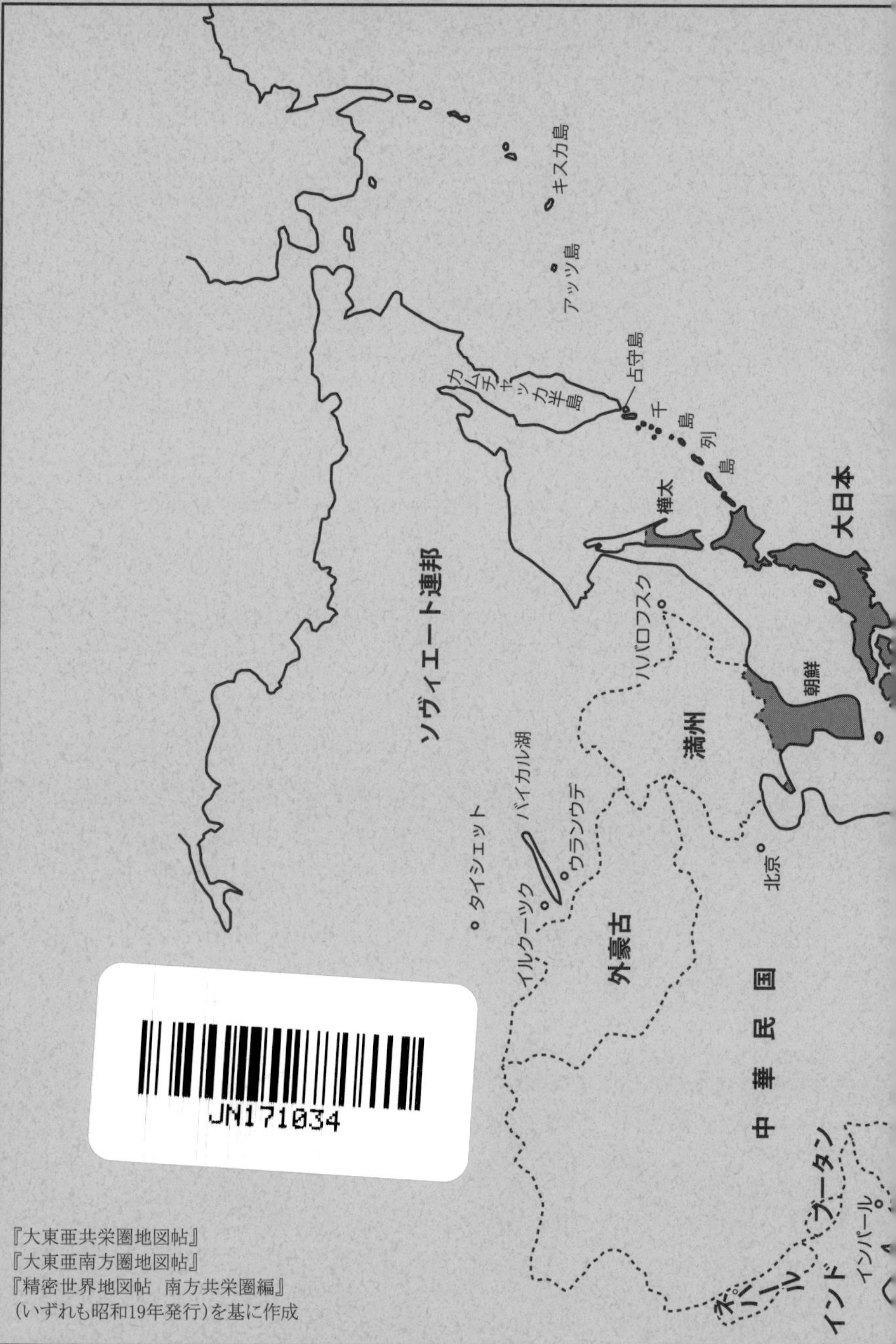

『大東亜共栄圏地図帖』
『大東亜南方圏地図帖』
『精密世界地図帖　南方共栄圏編』
（いずれも昭和19年発行）を基に作成

徴兵体験
百人百話

阪野吉平

17出版

初出

米沢新聞で、二〇〇二年十二月から二〇〇三年九月まで連載された「戦争聞き歩き　百人百話」を原稿段階まで遡り、精査、再編集した。

はしがき

本書は山形県に住む阪野吉平さんによる徴兵体験の聞き書きです。昭和十年（一九三五年）生まれの阪野さんはプロの物書きではありません。地元の農業協同組合で三十四年間働き、退職後、タウン誌に写真日記などの連載をされてきました。平成十四年（二〇〇二年）、写真日記が縁となり本書第20話に登場する小倉新一郎さんの徴兵体験を伺うこととなります。そのことがきっかけとなり、十五年（二〇〇三年）九月までに、最終的に百十人もの方の徴兵体験に関する話を聞き取ることになりました。

当編集部が、この作品に注目したのは、山形、それも置賜《おきたま》地方の限られた人たちの徴兵体験ですが、狭い地域の人々の体験ではあるものの、当時、さまざまな生活環境に置かれた人たちの、さまざまな徴兵体験、軍隊生活を垣間見ることが出来る作品だったからです。中には自ら手記を出版されている方もいらっしゃいますが、阪野さんが積極的に聞き取りを行わなければ、決して文章として残らなかったであろうと思われる体験談も少なくありません。また、戦争記録として貴重な証言もあります。

ここに紹介する百十人の徴兵体験記は、過去に、地元の米沢新聞などで発表されてきたものですが、本書は、原稿段階まで遡り、可能な限りの精査を行い再編集しました。なお、国名や地名は現在とは表記が異なるもの、あるいは、現在では不適切とされるものも含まれています。また、ローカルな海外の地名に関しては語り手（元兵士）が耳で覚えていたものを重視し、それに補足を加えるという形を用いています。所属部隊や固有名詞そのほかに関しても可能な限りの調査を行いましたが、確認のできなかったものもあります。それらに関しては、語り手、聞き手を尊重し、そのまま収録いたしました。間違いなど、お気づきの点がございましたら当編集部までご連絡いただければ幸いです。なお、修正箇所等が生じた場合は、今後の増刷時に修正を加えると同時に、小社ホームページより修正情報を随時公表いたします。

阪野さんが最初に発表した際、限られた文字数で発表せざるを得なかったため、元兵士たちから「もっと話したいことがあった」と言われたり、「話した体験内容や苦労の半分も表現されていない」と叱られたりしたそうです。本書編集時には、そういった部分を詳細に再調査、加筆できないかと計画もしましたが、もうそれもできないほど時間が経過してしまっていました。

ここに書き記された百十人の体験記の一字一句だけでなく、再び生まれ育った故郷の地を踏むことのできなかった方々の分まで、思いを馳せて読んでいただければ幸いと存じます。

17出版　編集部

目次

本文は、徴兵経験者たちの生年月日順に掲載してあります。
本文中★印の単語は、巻末の「用語解説」に簡単な説明文を掲載してあります。
本書に登場する海外の地名は、可能な限り見返し部分の地図に掲載してあります。

1

練習と同じように、早く敵に野砲ぶってみたいと思っていた。

明治38年8月4日生まれ　山口《やまぐち》　富一郎《とみいちろう》

甲種合格で大正十五年、弘前の野砲へ入隊した。野砲はよ、兵隊十一人と馬十頭で砲体とそれに弾百四十発を運ぶ。弾は一番飛んで二里、普通は一里くらい飛んだ。それを毎日練習（演習）して二年後除隊になった。

三十二歳の時、昭和十二年に、また赤紙来た。弘前の野砲だった。そして北支(中国北部)に行ったのよ。上陸してから毎日歩いて歩いて、ゆっくり休むことはなかった。夜昼関係なく歩いた。雷や雨の中でも歩いた。あの時の雷ほど大きな雷は今までなかったな。目の前に雷がいたようなもんだった。一か月、休まず歩き通しよ。俺《オラ》は馬に乗っていたからよかったが歩兵は大変だったようだ。西安へ近づいた頃、道端に支那（中国）兵の死体を時々見るようになって、戦地が近いことを実感した。

練習と同じように早く敵に野砲ぶってみたいと思っていた。それがいざ戦闘始まると、俺たち経験ないから、うれしくて有頂天になって、連隊長たちは高台へ登って敵の方見ていたら弾に当たって戦死よ。その敵を追撃、山また山に入った。これは中隊長が本部へ連絡した書類だ。「戦闘中、天気晴朗ノ日多ク日中ハ炎熱焼クガ如キモ標高高キ山岳地帯ナル故夜間冷気モ覚エ温度ノ差大ナリ」、それに「戦闘地ノ地形ハ山岳重畳ノ地帯ニシテ野砲ノ行軍甚シク制限セラレ河谷ニ沿フ地区以外陣ト為スニ難シ」。河原で二週間も敵の攻撃で動けなくなったこともあった。

野砲は後方に居るから、時々、歩兵と会うと「野砲さん頼むよ」なんて言われたもんだ。弘前に帰るまで、中隊で戦死者なく、病死一人だけだった、三年間でよ。あれは良かった。

平地は砲体や弾は馬に引かせて俺たちは馬に乗るから楽だったが、山へ登るとか山を越す場合、砲体を全部解体して人で運び上げる。弾は四個で六十キロはあった。そして最後に馬を引き上げる。大変なことだった。

俺たちの連隊は十五年二月に弘前に帰還よ。凱旋よ。駅から兵舎まで道の両側で、日の丸の小旗を振って「バンザイ、バンザイ」よ。あの時は気分最高だったなぁ。そして除隊となる。あの年は紀元二千六百年祭で、それを記念して俺は勲七等の勲章をもらった。兵隊に行った印で今残ってるのは、勲章と賞状、それに軍隊手帳だけだ。

その後、米沢航空会社に入った。日給一円二十銭だった。★零戦の部品作る会社。俺、本社で研修して工員に指示する仕事。そんな関係で、その後は赤紙来なかった。

2

命令一本で生きるか死ぬかの毎日。それが紙一枚と銀杯と時計をもらっただけよ。

明治44年9月29日生まれ　古畑《ふるはた》　定雄《さだお》

俺は昭和六年の兵隊検査だったが召集は昭和十九年の春よ。三十四歳だった。小学三年生を頭に三人半の子どもがいた。山形の三十二連隊への入隊、一週間ほどで満州の牡丹江へ渡った。その時、多くの乞食が集まってきてよ、驚いたった。

牡丹江では、長い竹竿の先に鉄板を付けて、ソ連戦車のキャタピラへ突っ込む練習をした。仮兵舎の近くに白系ロシア人の集落があって、時々、馬車に乗って街へ出かける大柄の女たちを見かけることがあった。

秋になった頃、貨車に乗せられて着いたところは黄河の川岸だった。その黄河を渡ってからは毎日行軍よ。山越え、野越え、河を渡って七十日ほど歩いて漢口に着いた。その行軍も初めのうちは食料もあったし、道端で支那人が店を出してまんじゅう売っていた。ハエがたかって、まんじゅうが黒く見えるほどだった。どんどん進むうちに食料がなくなって、徴発★して食いつないだ。徴発ってわかる？支那人の家から食料を盗んで来ることよ。昼は敵機の攻撃で夜だけの行軍となった。俺たち新兵は小休止でも馬の手入れをしているうちに出発となる。古参兵★はゆっくり休むから疲れない。それに新兵を毎日いじめる。だから終戦になって日本へ帰る船の中で、今度は反対にいじめた古参兵が袋叩きにされた。古参兵はブルブル震えていた。

衛陽では敵と戦った。弾が飛んで来る時は頭を地面にのめり込ませて隠れた。肌身離さず持っていた家族の写真と、弁天様、八幡様のお守りをぎっちり握って「助けてくれえ」と一心に祈った。腹には千人針を巻いていた。その千人針をさすって隠れていたなぁ。

千人針、知っている？　三尺四方くらいの衣へ千人の女が赤い糸で一針ずつ縫い玉を作って、武運長久を祈った物だ。虎は千里行って千里帰るという伝説かららしい。その千人針、シラミの巣になってよ。本当、あれには参った。

終戦後は捕虜になって農家の手伝いをした。二十一年七月に日本へ帰った。汽車賃と弁当代もらって家に着いた。

俺たち命令一本で生きるか死ぬかの毎日。それが総理大臣宮沢喜一の「あなたの先の大戦における旧軍人軍属としての御苦労に対し衷心より慰労します」の紙一枚と銀杯と時計をもらっただけよ。国のために頑張ったのに……。

3

軍刀を持っていると迷惑がかかると言われて交番へ持っていった。

明治45年1月4日生まれ　上原《うえはら》　武雄《たけお》

戦争さ行ったことのない人に戦争の話してもわからない。俺よ、★金鵄《きんし》勲章もらっている。見せるか。今は何にも役立たなくなった。二回ばかり年金もらっただけよ。その頃は米沢で金鵄勲章持っていたのは三人だけだった。俺の場合、あん時《どき》は新聞に名前載った。当時、金鵄勲章なんてよっぽどのことでないともらえない。

あん時は、俺《オラ》だ小隊、部落に泊まっていた。すると夜中に敵襲に遭った。そこで、二人で大隊本部へ連絡のため、敵の中を走ったのよ。敵が寝ていたところを走った。敵に追っかけられたが、どんどん走ったら部落が見えて来た。すると「誰だ」と言うから「俺だ」と言ったら「早くこっちへ来え」と言われてやっと助かった。そこで敵の動きを報告した。それを聞いていた連隊長が荒砥(★白鷹《しらたか》町)の人だった。菓子などもらって食っていると★将校が来た。「君、米沢のどこだ」と訊くから「興譲館中学校の近くです」と言ったら「俺、その学校の卒業生だ。俺は君のために敵やっつけてやる」なんて言われたなぁ。その時の戦闘で俺は金鵄勲章もらったのよ。★支那事変（日中戦争）の時だから昔のことだ。

★曹長の時、山西省の本部から遺骨護送指揮官に命ぜられ戦死者の遺骨を内地へ運ぶこともやった。日本の港、どこだったか忘れた。そこで各県の関係者に渡す役よ。その時の命令はいつまで帰れということもなかったから、米沢まで来てゆっくりして帰って行った。曹長になると軍刀を下げられた。官物と私物どっちでも良かった。俺は市内の田村さん(刀研師)から買った軍刀を下げていた。初めのうちは嬉しかったがだんだん下げるとうるさくなって困ったなぁ。

終戦の時は青森の八戸の山の中にいた。アメリカ軍が日本へ上陸するとなれば、アメリカから一番近い八戸だろうということで学生らと一緒に山の中に道を作ったり横穴を掘ったりしていた。

終戦の日、俺もみんなもがっかりしたっけなぁ。あの日、八戸では盆踊りがあってそこへ見に行ったなぁ。

家へ帰る時、俺は、若い兵隊にいろいろな物を持たせて家へ帰した。俺は毛布二枚と軍刀を持って帰って来た。帰ってしばらくして、町内会からアメリカ軍が米沢に来る。軍刀を持っていると迷惑がかかると言われて桐町の交番へ持っていった。あれどうなったのだろう、いたましい(もったいない)軍刀だったのに……。

4

石鹸とタバコをお湯に溶かして飲んで、わざと下痢して、入院する人もいた。

明治45年3月31日生まれ　高山《たかやま》　丹寿《たんじゅ》

兵隊の話、大好きだ。兵隊へ三回も行った。兵隊検査の日、検査後、皆で酒飲む約束していたが、俺の検査時間長くてよ。足の長さ、足の幅、それに土踏まずまで調べられて、最後に痔の検査があって遅れた。すると皆に騎兵だなんておだてられながら酒飲んだ。その頃、騎兵は兵隊の花形よ。歩くことないし、初年兵の時から長い剣ぶら下げられたから。しばらくして本当に騎兵隊の通知来た。上長井村で俺一人だった。あれはうれしかった。

　昭和七年に盛岡第三★旅団騎兵隊へ。入隊したらひどいにもひどいにも。他の兵隊より馬の手入れ分だけ毎日余分な仕事あってよ。俺、家では馬飼っていたので馬の扱いは出来たから良かったなぁ。一年後除隊になって家で百姓していたら、十三年に赤紙来て、支那の徐州へ。その時には★徐州作戦は終わっていたが、徐州のぐるり（周囲）に敵がいて、時々、撃ち合いした。そしてまた一年ほどで除隊になり、勲八等と賞金をもらった。田一反歩買えるほどの金だった。何に使ったかは忘れた。

　十六年にまた赤紙来た。今度は満州よ。その時、カカアは妊娠してた。

　終戦の頃は、井戸掘りの指導班にいた。各部隊を回って井戸の掘り方を教えていた。明け方に非常呼集。ソ連が参戦したとのこと。その日からソ連の飛行機飛んで来てバラバラと★機銃掃射よ。それからは先の見えない生き地獄よ。ソ連へ連れて行かれ、強制労働が始まった。ソ連軍が満州から持ち出した籾《もみ》を玄米にするのが俺の仕事だった。太い木で籾摺《す》り道具を作ってやっていた。籾が無くなってからは二年ほど伐採の仕事や、俺たちの住む小屋など作っていた。

俺たちの宿舎はソ連の刑務所跡だった。拘留中は常に栄養失調よ。松の木の新芽も食った。労働から逃げるために、石鹸とタバコをお湯に溶かして飲んで、わざと下痢して、しばらく入院する人もいた。

俺、風邪で入院した。その時、家にいた時、入院していても三年経てば除隊になるという話を聞いたことがあったので、俺は毎日体温計で熱を測られる時、あることをして熱を上げた。すると医者は熱が下がらないのは伝染病の疑いがあるということで、皆より早く日本へ帰されることになった。

ソ連から帰って来てから五年くらい子供生まれなかった。友達に「ソ連でアレ凍傷になって役立たずになった」なんてからかわれたもんだ。

5

食えそうな物は何でも口に入れた。火を使うと知られるから、全部生で食った。

大正3年4月5日生まれ　佐野《さの》和多留《わたる》

今話したことはすぐ忘れる。兵隊のことは覚えている。不思議だぁ。（二年ほど前から物忘れが激しくなって、何話しているかわからないと思うよ——妻談）。

俺は毎日戦友や、ぐるりのみんなの霊に手を合わせているから、おかげさまで今まで生きていられると思っている。

俺は海軍で飯炊き係（炊事係）だった。手旗信号も上手だった。いつも上官にほめられた。

南方、フイリピンのコレヒドール島の港で、敵の魚雷で船が動かなくなって、乗っていた兵隊は上陸した。一万トン以上の船で兵隊わんさと乗っていたからなぁ。それからは毎日空爆だった。防空壕を作って敵機が来ると中に入った。そこに爆弾が落ちる。いっぺんで三十人から五十人が防空壕の下敷きになって死んだ。俺は外にいたので死なねえかった。

当時、鉄砲は二人で一丁。それに死ぬ時に使う★手榴弾《しゅりゅうだん》が二つ。ほだげれど、手榴弾は湿気で破裂せず、使い物にならなかった。鉄筋を六尺くらい切ったものやネムの木の棒を武器として使った。それでアメリカ兵と戦うんだから勝てる訳ない。昼間隠れていて、夜になると食料探しにジャングルへ入る、それが毎日だった。

終戦は敵機からビラがまかれ、ローマ字で日本が負けたと書いてあった。俺は読めないが、読める兵隊がいて知った。それからが大変だった。二年ほどジャングルの中を四人でうろついた。その間は現地人やアメリカ兵はもちろん、戦友とも遭《あ》わなかった。

昼は海岸の岩穴に隠れていて、夜になると食料探しに出歩く。月の明かりでジャングルの中を歩くんだよ。食えそうな物は何でも口に入れた。草は海水で洗って食った。火を使うと知られるから、全部生で食った。よくもあんな物食って生きていたもんだと思うよ。いつも腹が空いていた。うまいオニギリやボタモチを腹いっぱい食ってから死にたいとか、家の方はどうなっているだろうとか話し合っていたもんだ。

ある時、アメリカ兵に見つかって捕虜となった。その時もらったタバコとチョコレートはうまかったなぁ。キャンプ地に連れて行かれたら日本兵が二十人ほどいた。その人たちと一緒に骨と皮ばかりになって帰ってきたということよ。一万トン級の船にいっぱい乗っていた兵隊が、二十人生き残っただけでみんな死んだ。敵機の爆弾で死んだ人も多かったが、終戦からの二年間、ジャングルで逃げ回っているうちに死んだ人も多かったと思うよ。

6

これはもう死ぬなと思った時は、必ず母親の顔が目に浮かんだ。

大正3年8月2日生まれ　小林《こばやし》 幸二郎《こうじろう》

兵隊の話を聞きたいと言うが、どんなことを話せばわかってもらえるかなぁ。民話なんかだったら、なんぼでも話せるんだが。

俺、昭和十年に海軍に入隊した。当時は三年兵隊勤めると帰れた。あと一か月で退役して家に帰れるとなった頃、支那事変★が始まって「兵役法第何条何項により当分の間兵役の延期を命ず」となり、それから十一年も兵隊生活をした。人生を変えたイヤな法令だったなぁ。

戦地へ行ったのは昭和十七年、インドネシアのジャワ島だった。その頃、太平洋の制空・★制海権★は日本にあったから平和な航海で、南の空も海も青く高く見えた。日本が勝っているという実感があった。ジャワ島では休日に散歩や見学で街を自由に歩けた。物も豊富で、現地語を覚えたりして戦地であることを忘れるほど時間がゆったりと過ぎていった。

それが一変したのは十八年の暮れ。波止場の方で大爆音、爆弾が落ちた。それからは毎日空爆だ。そんな時に突然腹が痛くなり、やっとのことで医務科へ。急性盲腸炎と診断されて、すぐ入院手術した。次の日にはまた空爆。動ける人はみんな防空壕に入ったが俺は動けないから、ベッドの下に隠れるのでやっとだった。近くに落ちる爆弾の響きで傷口が痛くて痛くて参ったよ。

しばらくして内地への転勤の命令が出て喜

んだが、日本に着くまでの五か月間は地獄の世界だった。俺の乗った船がマラッカ海峡で★機雷に接触、ハッチから海水が流れ込む中、夢中で★甲板《かんぱん》へ出た。沈没はしなかったが航行不能となって漂流、バリクパパンに上陸した。でもその島は運悪く油田地帯だったから、空爆が特に激しかった。それに下痢が続いて苦しんだ。

その後、汽車と船を乗り継いでシンガポールに行き、そこから八隻の船団で出発したがベトナムのダナン付近で潜水艦の攻撃にあって、五隻が沈んだ。俺が乗っていた船は船尾に魚雷がかすった跡がついていた。★油槽船だったから当たっていれば、お陀仏だった。

台湾に立ち寄った二十年元旦、敵機の機銃掃射、毛布一枚持って退避壕へ逃げた。目の前で機銃弾が土煙をあげた。無我夢中だったなぁ。台湾からは砂糖の積荷の上での生活、毎日敵の飛行機や潜水艦に脅かされ、どうにか門司に着いて陸にあがって、やっと助かったと思った。

これはもう死ぬなと思ったことは何回もあった。その時は必ず母親の顔が目に浮かんだ。その次に神様仏様に一心に念じたなあ。本当のことといえばなぁ。

7 ソ連兵と組んでトラックで野菜かっぱらってきて料理した。

大正3年10月29日生まれ　塚田《つかだ》　米蔵《よねぞう》

俺は君が生まれた頃（昭和十年）、召集で今の北朝鮮にいた。その頃は三年で帰れたが、私は満州の鉱山などで働いた。二十三年まで、大陸にばっかりいた。

満州にいた頃、俺は相撲強くってな。部隊ではいつも三役だった。会社では大会で横綱。優勝もした。そのうちにまた召集だ。三回目の召集で牡丹江で終戦、捕虜になった。時々、金日成軍とも戦った。金日成は匪賊となっていた。村に来て会社から金を盗んだり、その辺にある食料を奪ったりして山の中へ逃げていった。ある時、金日成軍を攻撃した。もうちょっとのところで金日成に逃げられた。その時、金日成は裸足で逃げ、凍傷で足の指なくしたのよ。あまり北朝鮮のこと言うと俺は工作員にやられる。ほだから、君、今話したことは書くなよ、本当にな。あとは何書いてもよい。それだけは守ってよ。

俺、若い頃から酒を切らしたことない。捕虜になってからもウォッカを飲んだ。捕虜で酒飲んでいたなんて、聞いたことないだろう。今から話すから。ソ連という国はノルマの社会、一日の仕事量が決まっている。監督は百パーセントやれと言うから、「やかましい、見本を示せ」と大声で言ったら、小銃でバラバラと撃たれた。俺は毎日、二百パーセント働いた。すると給料が出た。三百ルーブルよ。その金でウォッカ買ってソ連兵と飲んだ。小遣いもくれてやると、だんだん俺の言うことを聞くようになった。ソ連兵の給料はウォッカ一本分くらいだった。

炊事班長の時はよ、ソ連幹部のヤミ農場から、ソ連兵と組んでトラックで野菜かっぱらってきて料理した。ソ連兵と組めば何でもできるということよ。ほだから俺たちは捕虜の期間中、事故死はいたが栄養失調で死んだ人はいなかった。ソ連兵に頼むと街でいろいろな物が買えた。金はよう、面白いもんで頭の使いようだ。俺たちは伐採の仕事だった。その伐採した松の木にパイナップルほどの松カサがついていた。その松カサの実が一斗缶★一個八百ルーブルで売れた。その松カサの実を拾う人を決めて、毎日松の実集めしたもんだ。その頃はソ連兵も俺の上官も、俺の言うこと聞くようになった。三百人ほどの収容所で俺は天下をとった。不思議に思うだろう。男は度胸よ、要は男の度胸で動く。

昔は肩書きある人が偉かった。今は偉い人ほど悪いことをする。あれは度胸がないからよ。

8

先の見えない毎日だった。食うことで精一杯だった。

大正3年11月15日生まれ　黒沢《くろさわ》　洋助《ようすけ》

私ね、二回召集された。一回目は昭和十一年に立川の飛行第五連隊整備班に入隊。私ね、偵察機の機関銃の整備だった。

　その頃、プロペラは木製で一分間に二千回転、機関銃は一分間に六百発の弾が出る。その弾がプロペラに当たらないで飛んでいくように整備するのが任務だった。君、知っているだろう、満蒙国境で起きたノモンハン★事件。国境近くに行って飛行機の整備で参加した。あの戦いが終わって除隊になり、東京で軍需品を作る会社に入って働いた。

　二回目は十六年、やはり立川の飛行隊だった。夜、貨物列車で大阪へ。そこから船に乗って台湾、海南島などへ立ち寄ってベトナムのサイゴンへ上陸。十二月八日だった。なんでその日、よく覚えているかというと、私ね、週番で夕食の配達の責任者だった。兵隊は何か所にも泊まっていて、探しながらやっと届け終わって、自分の泊まる劇場で寝ようとした時、サイレンが鳴った。朝起きてわかったのだが、サイレンは太平洋戦争の開戦の合図だった。

　サイゴンに四か月いてシンガポールへ移動した。シンガポールではイギリス兵が大勢捕虜になっていた。私たちはその捕虜を使役して飛行場を整備した。終戦までの三年半、飛行機の整備や町の治安維持を任務としていた。

私ね、兵隊にいる間、敵機の攻撃や鉄砲の弾に出合ったことなかった。敵に向かって攻撃したこともなかった。米軍も英軍も不思議とシンガポールには攻撃しなかった。

終戦になったとたんに今度は英軍の捕虜になったのよ。あべこべに英軍の指示で無人島みたいな島に移され、自給自足しろということになった。ジャングルの木を切ったり、葉っぱを集めて家を作り、そこに住んだ。米は少しあったが、いつまでここにいるかわからないから毎日オモユみたいにして食い延ばした。兵隊が農耕班、野菜採集班、漁労班にわかれて食料集めををした。俺は農耕班、タピオカという芋を作った。後にはそれが主食になった。

先の見えない毎日だった。食うことで精一杯だった。あのね、今だって先は見えない。

9

目覚めたら隣の兵隊、豚小屋の材木が首に当たって死んでいた。

大正3年12月13日生まれ　鈴木《すずき》　豊次《とよじ》

兵隊検査、忘れたなぁ。俺、短尺な（背が短い）もんで丁種だった。うふふ……。

兵隊に行ったことあるかなぁ。あの時は米沢駅から乗ったが、どこまで乗ったかなぁ。その時は子供三人いたった。短尺だったから兵隊になど行けないと思っていた。なんで俺行くようになったべなぁ。

（おじいちゃん、この頃、川西町下小松の実家に帰りたい、こんな所にいつまでもいられないなんて言うようになったのよ。おじいちゃんは兵隊のこと、家ではあまり話さなかった。昔は酒が大好きだったから、実家へ帰った時などは兵隊の話したと思うが、家の人は、あまり兵隊のことは聞いてない――妻談）。

俺は、兵隊なんていうもんでなかった。農耕兵だった。毎日よ、河原へ行って百姓のまね事していた。どんなことしていたか思い出せない。広島市楠木町の崇徳中学校が兵舎だった。堀田川があって大芝公園、河原にある小さな公園だった。そこで百姓していた。ほだごでぇ（そんなの）俺たち農耕兵だもの、いつも五、六人で働いた。中隊の中から選ばれて農耕兵になったのよ。

原爆落ちた日は、俺たち、豚小屋作りしていた。六人でなぁ。あの時は何がなんだかわからなかった。どこに落ちたか、見たことないからわからない。目覚めたら（意識が戻ったら）俺、豚小屋の地べたにしゃがんでいた。それで助かった。一人は豚小屋の材木が首に当たって、俺のそばで死んでいた。よっぽど強い風吹いたなだべぇ。ほかの人は何でもなかった。俺、背中に火傷した。なんで火傷したか思い出せない（被爆者健康手帳より）。

豚小屋には豚は一頭いたったが生きていた。子豚なんぼかいたが生きていた。

小屋はみんな倒れてよ、それからどうなったかなぁ。昼飯は炊事係が持ってきたっけ。兵隊の時、何があったかって、家に帰りたいばっかりだった。終戦になっていつ家に帰ったか、忘れた。

10

赤紙来た時、丈夫な体だったら海の中で魚のエサになっていた。

大正3年12月15日生まれ　小貫《おぬき》幸太郎《こうたろう》

俺よぅ、体重が軽くて兵隊検査、丙種で兵役免除よぅ。とても家に帰って丙種だったなんて言われなかった。その頃、兵隊に行けないような男は一人前として世間から認められなかった。

俺、東北電力の前の福島電燈で働いた。戦争始まって女ばかりの会社になっていた。ある時、仙台から検査のためにお偉方二人来たな《の》よ。そのお偉方が冬の★吾妻《あづま》山へ登りたいと言う。会社で吾妻山知っているのが俺だけだったので、案内役になったのよ。朝早く汽車で峠駅まで行き、そこから東大巓までの予定だったが、栂森まで行って下ってきた。家に帰った時は暗くなっていた。夜、屋根ミチミチというのよ。俺、婿なもんだから、疲れていたが、夜に雪下ろしたなよ。暗いもんで引き込み線から電気盗んでよぅ。

無理したせいか次の日から熱出てよぅ。越中富山の★頓服《とんぷく》飲んで三日寝たが熱下がらない。置賜《おきたま》病院へ行って俺の胸見た先生から「よくも、こんなに悪くなるまで我慢しったなぁ、肺に水溜まっているから入院しろ」と言われたのよ。その時入院したから俺、今も生きていられるのよ。

入院中に赤紙来て新潟へ入隊しろとなぁ。丙種で兵隊へなど行けないと思っていたから、赤紙来た時は喜んだなよぅ。夜、病院から抜け出して自転車で親族に挨拶回りしたなよ。そうしたら今度は熱出して歩くこともできなくなってなぁ。兄に頼んで役所の兵事係へ相談に行ってもらったら、兵隊へ行くことなくなったなよ。

よほど入院していたなぁ。退院して会社へ行ったら、みんな俺の顔見て、お前は運の良い人だと喜んでくれたのよ。俺はやっぱり丙種合格、兵隊に行っても役立たない人間だから軍の方から帰されたのだろうとみんな俺をバカにしているんだと思ったなよ。

同じ会社の人で、みんなから盛大に壮行会されて新潟へ入隊した人がいた。その人の部隊、船で戦地へ行くのに港を出たとたん、アメリカの潜水艦の攻撃で沈んで全員が死んだなよ。その人は立派な人でなぁ、変電所で働いていた。よっくと話聞いて、俺も驚くやら、うれしいやら、悲しいやら。何がなんだかさっぱりわからなくなったなよ。とても仕事など手につかなかった。

俺、仙台からお偉方を冬の吾妻山へ案内し、夜の雪下ろしで無理して入院したばっかりに兵隊に行かず終戦になった。赤紙来た時、丈夫な体だったら海の中で魚のエサになっていた。

11

機関士は襲撃が始まると汽車停めて逃げるのよ。

大正4年2月6日生まれ　安孫子《あびこ》政吉《まさきち》

写真や名前を出さなければ、戦争の話をしても良い。俺は★輜重兵《しちょうへい》だから敵を殺したりしたことはない。新兵を大切にして上官に時々ほめられていた。兵隊の話は大好きだが書かれるのはいやだ。(後日、許しを得る)

俺は召集で二回赤紙が来た。一回目は昭和十四年、山形三十二連隊へ。一週間ほどいて北支で天津《てんしん》手塚部隊に配属になり、鉄道の警備や、貨車で食料や兵器など前線で使う物を輸送した。十五両編成で後尾に展望車があって、その車両には俺たちと機関銃を持った歩兵五、六人が乗った。そんなことを三年ほどやっていた。天津から北京、太原、大同など、北支のほとんどのところへ行った。時々、★八路軍《はちろぐん》からの襲撃があった。機関士は主に支那人だったので襲撃が始まると汽車を停めて逃げて行くのよ。汽車が停まるから八路軍の攻撃は激しくなる。やみくもに応戦しているうちに援軍が来る。するとサッと八路軍は逃げていく。隠れていた機関士が来て汽車が動き出す。死ぬなぁ、なんて思ったことは一度もなかった。

十八年に除隊、家に帰ってきた。あとは兵隊に行くこともないと思っていたら十九年十一月にまた赤紙が来たのよ。弘前の★山砲《さんぽう》付輜重兵だった。食料や砲弾などを馬で運ぶ兵隊よ。一か月ほど訓練しているうちに半袖シャツと半ズボンが支給された。皆で今度は南方行きだなぁなんて話していると、なんと朝鮮へ渡ったのよ。当時、南方へ行く輸送船はみんな沈んでいた。

朝鮮から中支（華中）へ行った。今度は毎日が本当の戦争よ。敵機が毎日飛んで来てバカンバカンと弾落とす。昼は行軍できない。民家や林に馬隠して、俺たちは支那人の作った防空壕に隠れた。食料は、後で支払うと言って、豚、米などを農民からもらって、料理して食った。夜だけの行軍だから新兵は苦しんだ。敵機が低空で飛んで来るもんだから民家の屋根が吹き飛んでしまった。

一個分隊四十人ほどの兵隊に三十頭の馬がいた。満州の馬は気が荒くて、後足で蹴るわ、噛みつくわで大変だった。俺の分隊には馬なんて見たことない新兵が半分もいた。東大二年生だという新兵もいたった。

八月十五日が終戦だが、俺たちはそれから一か月ほど八路軍と戦っていた。済南で蔣介石軍に武装解除された。それからは毎日武器の掃除や手入れなどをして、それを蔣介石軍へ渡していた。ライオン歯磨粉、仁丹歯磨粉、タバコなどと、南京豆などを物々交換してなんとか食いつないでいた。二十一年春に帰った。東京のヤミ物価が高いのに驚いた。

12

「志願にあらざる下士官」ということで即日召集された。

大正4年3月30日生まれ
安部《あべ》　三郎《さぶろう》

　現役で昭和十一年冬、広島集合だった。あの冬は大雪だった。米沢の街は二階からの出入り、電線またいで歩くほどの雪が積もった。広島で満州から迎えに来た兵隊の着ている物を見て驚いた。分厚い防寒服よ。初めて見た。貨物船の底の三段組みに押し込まれた。大部分の人は船酔いで、大連へ上陸した時、地面が揺れて見えた。あの船酔いには参った。

　林口で満人（満州族）部落や開拓団、それに鉄道を★匪賊から守る警備が任務だった。時々、開拓部落へも行った。兄も開拓団で満州に来ていたもんで、満期除隊になれば開拓団へ★参加するつもりでいたが、「志願にあらざる下士官」ということで即日召集され福岡へ転属となる。そして軍旗護衛下士官よ。式典などで行軍する時、軍旗を持って一番前よ。気分最高。

　その後、山西省運城で飛行場警備や新兵教育をした。戦闘に参加した時は散々な目に遭った。ある時、俺たちの陣地が敵に囲まれて集中攻撃され、壕の中から頭を上げることも出来ないほど砲弾が飛んで来た。そこから一週間も動けなかった。これで終わりだなあと思っていたが、援軍が来てどうにか助かった。

　まあ、そんなことが時々あったが、十五年に除隊になって日本へ帰って来た。そして一か月ほどいて、満州の開拓団へ行った。その開拓地で総務部長などして、国からの補助金をもらう仕事をした。二百五十町歩★ほどの水田を開いたりしていたが、二十年五月にまた召集されてソ連国境の警備中に終戦となった。

捕虜になって一度はカラフト近くまで貨車で送られたが、大部分の兵隊が栄養失調で再び満州の牡丹江へ送り返された。その冬に演芸団を作ることになり、その団長に俺がなったのよ。映画館は毎日満員になった。人気出てよ。団員はプロもいればアマもいた。天満宮の宮司や東本願寺の僧侶など含めて三十人。九州の人が多かった。内容は一週間ごとに変えて、主に時代劇だった。笑いあり涙ありよ。特にソ連兵や八路兵に人気があって、タバコや酒には不自由しなかった。夜、女形を女と間違えてソ連兵がレイプに来たこともあった。

しばらくして八路軍★から文芸工作班とか民主連盟班とか言われるようになり、共産主義の良いところを劇の中に織り込めなんて言われたが、共産主義なんてどんなことかわからないから適当にセリフを言っていた。そのうちに、今後は日本へ帰って共産主義を内容とした演芸で全国を回ることを約束させられて、二十一年九月に帰って来た。

13

街の中で野犬が死んだ赤子をくわえているのを何回も見た。

大正4年8月23日生まれ　新野《にいの》　芳雄《よしお》

昭和九年は冷害の年で、奉公人よりは兵隊の方が給料貰えて食うことに心配ない、どうせ兵隊に行くんだから早い方がよい、と考え志願した。十八歳だった。満州の独立第一大隊第三中隊の歩兵となった。満州国皇帝が初めて日本へ行った日、俺は足を負傷した。それから六か月入院、それでも治らず、足はびっこ引いていた。「お前は兵隊として役に立たないから内地へ帰れ」と言われたが、俺は兵隊で一生食うつもりでいたから、なんとか残りたかった。その時の上官が長井出身の軍曹よ。「なんとか置いてください」と頼んで、下士官室の当番兵になった。炊事係よ。その後、将校の当番兵もした。「お膳は目線より上にして運べ」なんて言われて食事を運んでいた。

夕方になると将校の集会所で見習い下士官たちが剣道の練習をしていた。それを見ていた時「お前もやれ」と言われた。俺は剣道の初段だった（今は五段）。防具借りて対戦したが、相手は弱いが上官だから負けたふりしていた。ある日「もっと真剣にやれ」と言われたから、今度は相手を、こてんぱんにやっつけた。それが将校に認められて見習下士官の練習台となった。それからは当番兵として楽なことばかりしていた。

独立守備隊は二年で除隊になる。軍は俺たち除隊者に就職の斡旋をした。満鉄（南満州鉄道）とか鉱山とか就職口はいっぱいあった。俺は青少年義勇軍の幹部候補生養成所の教官になった。十四歳から十八歳くらいの内地の若者に、兵隊の訓練とか開拓者として必要な農業の指導などをした。ある時、本部で加藤★完治《かんじ》に会った。その時「辞めたい」と言ったら、目から火が出るほど怒られた。仕方なく第七次山形県開拓団の幹部となって働き、結婚して子供が二人生まれた。戦争なんてどこ吹く風、物も豊富で満州に来て良かったと、皆、喜んでいた。

ところが俺、二十年七月にまた召集よ。その時、山形の開拓団六百家族ほどの中に、男は老人と子供だけになっていた。

終戦の日、天皇陛下の放送が終わるか終わらないかのうちに「今のはデマ放送だから本気にするな」なんて連絡が入った。すると今度はバンバンと弾飛んで来た。満人が日本兵に向かって鉄砲撃ってきた。驚いたなぁー。

俺たちのところへ侵入したソ連兵は思想犯の囚人部隊でボロボロの服を着てよ。石鹸を間違えて食っていた。

戦後の開拓団は地獄よ。内地に帰れたのは半分に満たないと思うよ。牡丹江に開拓団が集まって来た時、街の中で野犬が死んだ赤子をくわえているのを何回も見た。

14

街全体が黒の世界だった。川では死体が無数に海の方へ流れていった。

大正4年9月13日生まれ
佐藤《さとう》 美津栄《みつえ》

俺、広島市に原爆落ちた時、爆心地から一・五キロと近い所にいた。本当、この被爆者手帳に……ほら、書いてあるべぇ。大部分の人は死んだだが、俺は今もピンピンだ。

若い頃、高畠の山交電車の運転手だった。一応技術者だから、召集などないと思ってぃたが、昭和十九年に千葉の八十六部隊へ入隊。蒸気機関車の運転手になるための勉強、練習して助手になり、その後運転手になった。

岡山機関区から四方に蒸気機関車を運転していた。その頃は町の中の大きな寺に寝泊まりしていた。そこの住職は真っ白なひげを腹まで伸ばしていた人でなぁ。夜遅く、俺たち寝ている所へ決まって毎日来て、「兵隊さんご苦労さんです」と言うのだが、気持ち悪かった。その寺で岡山機関区の三十周年記念行事があった夜、赤飯が出たので食って寝て、朝方、目覚ましたら木杭《ぼっくい》のように全身動かなくなっていた。トラックで岡山陸軍病院へ運ばれ、それから一か月入院よ。少し動かすとキキー、キキーと関節が音を出す。一か月ほどしてベッドの記号が黄色になった。赤は重症、青は退院間近に区分されていた。黄色で退院したのは俺くらいだったらしい。

その二日後に岡山市に無数の焼夷弾《★しょういだん》が雨のごとく落ちて、市内全部燃えた。俺はその時、広島市の中広中学校の兵舎にいた。一回目の命拾いよ。退院したばかりだったので、炊事係を手伝っていた。

あの朝、外が真っ青になった。不思議だなぁと思って隣の人に話しかけるまではわかっているが、その後午前十時頃まで意識がなかった。だから音とか爆風についてはさっぱりわからない。近くの「助けて、助けて」という声で意識が戻った。俺は校舎の太い梁《はり》と毛布の間に挟まって、身動きできないでいた。同僚たちがジャッキを持ってきて俺は助かった。脊髄がやられていた。河原まで運んでもらった。同僚が次の人を助けに行った時は、火が回っていた。大部分は焼死だった。

最後に助けられたのが俺だった。それで今まで生きていられたのよ。運良かったのよ。

爆心地の近くだったから、屋根にいた人はみんな真っ黒になってごろごろ死んでいた。午後になって空が真っ黒くなって、顔に当たると痛いような大粒の黒い雨が二十分ほど降った。街全体が黒の世界だった。川では死体が無数に海の方へ流れていった。その時の気持ち、どうだったかと聞かれてもなぁ。何も考えられなかった。頭の中、真っ白だったのだろう。

15

明日銃殺されるという日に周恩来が来て、助けられた。

大正4年10月24日生まれ　長谷川《はせがわ》 周吉《しゅうきち》

私は関東軍に昭和十年召集で入隊した。三年後、満州の鉄道守備隊に入隊、その中で満人の警官を指導する警察指導官になった。その後、満州と支那の国境を警備する満州警察総監になった。五百人ほどの部下がいたった。国境に分散している警察署を八路軍や朝鮮の金日成が襲うので、時々、戦っていた。

ある時、熱河省の省都・承徳で、周恩来が街の中で「これからは中国は中国人で政治を行うべきだ」とか「これからは共産主義でないと民衆の幸せにならない」なんて演説していた。それを俺の部下が逮捕してきた。周恩来は俺の前で堂々とした態度で共産主義の由来や必要性、日本人は早く戦いをやめて帰った方がよいなんて話した。俺は言ったのよ、「君が言っていることは理想であって、現実には武力によって戦いを取らなければならない」、なんて説得して帰してやった。十五年頃の話だ。共産党の八路軍があんなに大きくなるとは思わなかった。俺たち警備隊は二十年の八月二十五日まで八路軍と戦っていた。八路軍には若い兵隊が多く、戦術は巧妙だ。真夜中三時頃とか、俺たちがなぜか油断している時に襲ってくる。勝てると思うと攻めてくる。

ある時、八路軍から「日本は降伏した、満州国もなくなった」と言ってきた。俺は信じられないから軍の司令部へ連絡した。司令部は大混乱。崩壊して何もわからないまま、八路軍に白旗立てて降伏して捕虜になった。

お前は大将だからと言われ、軍法会議にかけられて銃殺刑に決まった。明日銃殺されるという日に、ひょっこり周恩来が来て、「この人は日本でもまれにみる正義の大将だ。それに俺を助けた恩人だ、釈放せよ」と言った。それで俺は生きて帰れたのよ。五年も前に一度だけ会った俺を覚えていたなよ。やっぱり偉くなるような人は俺だと違うなぁと感じた。それから二年ほど、モンゴルで缶詰工場を造ったり、道路建設の強制労働よ。大変だった。若い時、十二年間も国のために一心に働いた。なぜあんなに頑張れたのだろう。君はどう思う？

今の日本は自分さえよければいい。国はどうなっても構わない。代議士でさえ自分の懐のことだけを考え、国のことなど眼中にない。昔の中国人と同じだ。内戦が続いて国は頼りにならないから、信頼する人の方を大切にしていた。国が信用されなくなれば国は滅びる。日本もそれに近づいていると思う。

16

ノモンハン事件。待機しているうちに停戦となり、前線へは行かなかった。

大正4年12月7日生まれ　安部《あべ》　義雄《よしお》

戦争の話、昔はよくしたが、昨年、頭を二回手術してからは兵隊の時のことは大部分忘れてしまった。思い出しながら話してみるか。

俺は昭和十三年に召集で弘前野砲第八連隊へ入隊よ。赤紙来た時、一番先に思ったのは、馬とかかわるのはイヤだってことだ。若い頃、裸馬に乗って青年団の役員会へ行く途中、馬が驚いて急に走り出して落馬した。それから馬に乗るのイヤになった。それが、今度は毎日、馬に乗る兵隊になった。でも、馬は子供の頃から扱っていたから、どうにか扱えた。

俺たちの部隊はノモンハン事件★に参戦するため、ハイラルに駐屯した。寝台車で後方病院へ送られる多くの負傷兵から「頼む、頼むぞー」と言われた。早く戦地へ行ってソ連をやっつけてくれということよ。待機しているうちに停戦となり、前線へは行かなかった。

そうして十五年六月に家へ帰った。米沢駅に着いたら、二時間も歩いて部落の人々が「歓迎」の幟《のぼり》を持って出迎えてくれた。俺が汽車から降りると「バンザイ、バンザイ」でよ、うれしかったなぁ。家に集まって宴会よ。「留守中は皆さんにお世話になりました。お陰様で無事に帰ることが出来ました」なんて挨拶して、ドブロクで一晩中飲んだ。

それから村の軍用保護馬指導員として軍用馬になる馬の管理指導をしていたが、また十七年六月に赤紙が来た。

仙台の独立山砲十二連隊へ入隊はしたものの、★山砲などの兵器は何もなかった。

俺、伝令係の時だなぁ。本部から「茨城県海上に敵機来襲」の警戒警報を中隊へ連絡し本部へ走ると、今度は「空襲警報だ、各部隊は要員を残して全員退避せよ」の命令。走って中隊へ戻る途中、頭の上に敵機が飛んで来て近くに爆弾落とした。俺は半分土の中に埋まったものの助かった。あの時のことは一生忘れられない。

一晩で仙台市内が全部燃えた。それで本部が七北田小学校へ移動。それから終戦までは近くの農村へ行って農作業よ。田や畑の草取り、山へ行って炭焼きの手伝いなどした。農家でのご飯はうまかったなぁ。

終戦の日は、防空壕づくりをしていた。大きな寺の前庭で天皇陛下の放送を聞いた。あの時は皆がっかりしていた。あの日まで日本は勝つと思っていた。兵舎までは一時間ほどの距離があって、歩きながら誰かが「兵隊は全員去勢される」とか「皆殺しにされる」と言い始めて、不安だったなぁ。

17

今も目に焼きついていることがあるが、あれは話せない。

大正5年1月25日生まれ　遠藤《えんどう》 勘右衛門《かんうえもん》

夏は家のぐるりの草むしりやゲートボールの練習や試合などで毎日が忙しいが、冬は何もできない。毎日が退屈だ。今日はゆっくりしていって。戦争の話でもするから。

俺は昭和十四年、第一★補充兵として弘前の教育隊へ入隊した。それから四回、赤紙来た。二回目は除隊になって家へ帰ったら赤紙が来ていた。四回目は十七年、山形の第三十二歩兵隊へ入隊した。その年の七月末には黒河省の神武屯で物資倉庫の歩哨をしていた。

それから二年ほど、やはり黒河省の孫呉や山神府などの倉庫番をした。軍隊で使うあらゆる物が保管されていた。倉庫に入っている物、野積みされている物など、物資の警備をしていた。

二十年六月には興安省のハイラルへ移った。鉄砲は持っていたが一発も撃ったことない。八月二十日の昼頃、ソ連の飛行機が初めて飛んで来て★焼夷弾を落としたなよ。俺はたまげて本部へ連絡したが電話は通じない。俺たちより早く逃げ出したんだと思う。夕方になるとソ連の戦車がものすごい音を立てて来たなよ。俺たちはたまげて近くの山へ逃げた。六人で山の中を夜通し歩いて逃げた。疲れて休んだ時、寝てしまった。起きたら俺と成沢君だけになっていた。俺たちを置いて行ってしまったなよ。心細くなってよう、方角もわからないしどこへ行くかもわからない。困ってよ、歩いているうちに鉄道に出た。線路に従って歩いた。途中でロシア人の部落があって、そこで食ったパンはうまかった。彼らはまだ日本が負けたことを知らなかったらしい。それから貨車に乗った。民間人も多く乗っていた。ソ連の飛行機が飛んで来た。汽車は停まって皆バラバラと草むらに隠れた。弾は撃たずに飛び去った。そうしてどうにかチチハルに着いた。そして武装解除され、それから★外蒙古《がいもうこ》で二年ほど捕虜生活をした。

　日本へ帰ることになって、ナホトカで一週間ほど毎日、共産主義の教育があった。皆、帰りたいから一生懸命だった。そして、船に乗った時、日本のタバコの配布があった。あのタバコはうまかったなぁー。

　今考えても不思議なことあるのよ。ハイラルでは相当な兵隊いたったが、チチハルでは成沢君以外知っている兵隊に会わなかった。どこへ行ったのだろう。日本へ帰ってからも音信不通だ。成沢君は藤島町成沢出身で、連絡したら彼も帰っていた。二人で温泉で一泊して、怖い思い出話なんか一晩中したこともあった。今も年賀状のやり取りをしている。

　今も目に焼きついていることがあるが、あれは話せない。

18

古参兵になってからは、神様みたいに楽だった。

大正5年2月6日生まれ　高橋《たかはし》　辰吉《たつきち》

俺は、昭和十二年に現役で山形の三十二連隊へ入隊した。歩兵だった。部隊が満州へ移動する時、俺は★補充兵の教育係要員として残り、新兵の教育していた。

十四年、支那の山西省へ夜入った。五台作戦だとかで進軍中のある夜、疲れていたので満人の家の中へ入った。寝込んで朝、目を覚ますと、同じ部屋に★八路軍の兵士が寝ていた。お互いにたまげてよう。あの時のことは一生忘れられないなぁ。戦はその時だけで、後は危ない目に遭ったことがなかった。

十五年の一月に除隊になって帰ったら、親父の百ケ日だった。家では親父が死んだ時に司令部へ連絡したが、すぐ除隊になる予定だったので俺に教えなかったなよう。

二回目の召集の時は赤紙が来た。役場に兵事係がいて、召集令状は夜、役場の小使いが持ってきた。満州・牡丹江省の綏陽、そこは原野で一個師団二万人ほどの兵隊が集まっていた。兵舎のぐるりには、いろいろな店や飲み屋ができて、一つの街をつくっていた。俺は伝書使だった。文書を汽車に乗ってハルビンへ運んだり、持ち帰る仕事だった。ピストルを持って汽車に乗った。その頃、各駅は日本兵が守っていたから、おっかない目には遭わなかった。

十八年にまた除隊になった。帰ってババァ(妻)と一緒になった。森林組合で働いていて、二十年の五月にまた赤紙来たなよう。真夜中に小使いが召集令状持ってきたった。組合からの酒一升と★宮内《みやうち》の酒屋からのぶどう酒三本で出征《しゅっせい》祝いされて、また山形の連隊へ入隊した。山形にしばらくいて七月頃だったなぁ、九州から南方へ行く予定で普通列車に乗ったが、あっちこっちで鉄道が爆撃されていたので予定通り着かなかった。そのため、南方へ行く船に乗れなかったのよ。それで今、生きているなだぁ。佐賀、宮崎の都城あたりをうろうろして天草に着き、しばらくして終戦になった。

　長崎の方向の空に太陽が二つあるように見えて、しばらくしてどーんという音聞こえた。後で新型爆弾（原爆）だったことがわかった。

　兵隊の時のことで思い出されるのは、古参兵になってからのこと。歌にもあるように神様みたいに楽だった。新兵にふんどしまでも洗わせ、朝から晩まで身の回りのことを手伝わせていた。俺たちも新兵時代は気ぃ張りっぱなしだったから、なおさら古参兵になってからは楽に感じて、天国みたいだった。

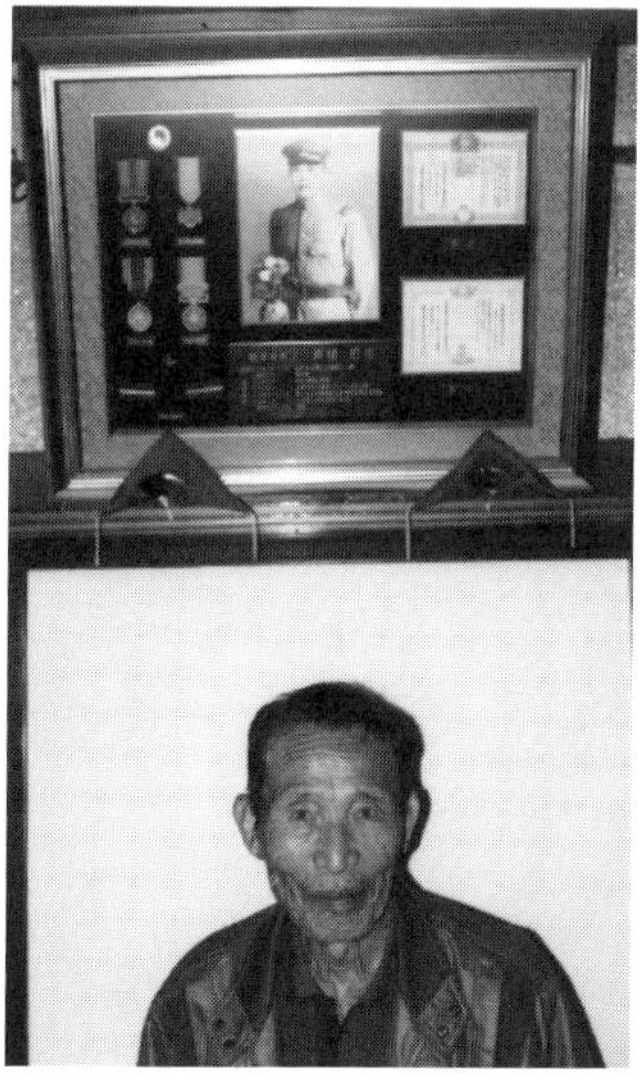

19

一銭五厘の兵隊。人間の方が兵器より安く集められる。ハガキ一枚一銭五厘だった。

大正5年3月15日生まれ　木村《きむら》　三作《さんさく》

戦争ね、ずいぶん前のことだしなあ。俺は八十六、そろそろ「お迎え」の来る頃だ。今日は実際見たことを話すか、こんなことは今まで他人に話したことないんだけどね。

　俺は臨時召集で昭和十三年九月に山形の三十二連隊へ入隊した。十一月には支那の徐州へ、その時は戦争始まっていた。支那事変★だ。俺の役目は中隊長★付きの連絡員だった。

　初めて敵に向けて鉄砲を撃ったのは、二百人ほどで掃討作戦に行った時のことだ。向こうのやつら（敵兵）は俺たちの行動を察知して待ち伏せしていた。ダダ……バンバン、ヒューヒューと弾が飛んで来た。あれはどう言えばわかってもらえるかなあ、トタン屋根に大きなあられが降ってきた時みたいだ。初めて死ぬと思った。それから毎日「今度は死ぬ、今度は死ぬ」と思う日が続いた。

　中国の農民はイザとなると民兵になる。ある時、農民四人が兵門に来て「敵の動きを話したい」と言うので、兵舎に入れて上官の前へ連れて行った。とたんにババンとピストルで一気に十二人も殺された。そんなことがあってからは部落に入ると、家に片っ端から火をつけろ、女子供以外はその場で殺せという命令だ。日本は領土が欲しいからって勝手に侵入して人を殺す。乱暴な話だよなあ。

　中国兵は負けるなと思うとさっさと逃げていき、逃げ足が速い。それが勝つと思うと攻めてくる。俺だは敵地の真ん中にいるから逃げるところがなく、死ぬまで戦うことになる。だから戦死者は敵より多くなる。

　作戦が終わると死体の収容だ。それが君、大部分の死体はキンタマ（性器）がえぐり取られている。捕虜になった死体は★唐鍬《とぐわ》で頭を粉々にされて殺されていた。むごいもんだよ。日本人もそれ以上悪いことをしていたということよ。全部収容できないから手首だけを火葬するんだよ。悲しみとかの感情はなかったな。今考えてみると、あの時、俺の心の中はどうなっていたのだろう。

　部落に行くと壁に「東洋邪鬼」と書かれてあった。中国人など虫けら同然の扱い。俺たちもやっぱり虫けらみたいに使われたのよ。

　上官はいつも俺たちのことを一銭五厘の兵隊と言っていた。ハガキ一枚ほどの大きさの紙で人間が集まる。人間の方が兵器より安く集められる。その頃、ハガキ一枚一銭五厘だった。

　戦争なんて正常の人間のやることでないよ。あの頃の日本はみんなが狂っていたのよ。

20

戦ったと言ったって君にはわからないだろうが、殺すか殺されるかの毎日だ。

大正5年8月24日生まれ　小倉《おぐら》　新一郎《しんいちろう》

俺だ若い頃は、二十歳になると兵隊検査があった。俺は昭和十一年に米沢の市役所で検査を受けた。素っ裸になって全身すみずみまで検査、それに学科もあった。俺は甲種合格。

検査には甲乙丙丁とあって、甲種は必ず兵隊に行けた。それに甲種に選ばれると、一人前の男として周りから認められた。

君、赤紙知っている？　赤い紙で、手の平に載るほどの小さいもの。それが召集令状だ。兵隊検査から三年目にやっと来た。「昭和十四年八月十五日午前九時三十分まで弘前野砲八連隊に入隊すべし」と書いてあった。夜、役場の小使いが持ってきた。当時、兵隊に行けるのは若者として名誉なことだったから、いよいよ来たか、という感じだ。

赤紙が来ると親族や近所の人が集まって「立ち振る舞い」という酒盛りをする。表面上は賑やかで、「お国のために御奉公してこい」だとか「元気で無事に帰ってこい」だとかみんなに元気づけられたけど、心の中ではみんな悲しんでいたと思うよ。生きて帰れる保証がない時代、特に母親やカカアは顔には出さなかったが、悲しんでいるのがわかった。カカアは妊娠していたし。

それから中津川小学校で青年団、元軍人、学校の生徒らが集まって壮行会も開かれた。★中津川から弘前まで二泊三日かかって、晴れて兵隊となったのよ。

三か月の基礎教育演習の後、支那・徐州の山砲五十一連隊へ入隊した。それからの二年間は討伐といって蔣介石軍と戦った。戦ったと言ったって君にはわからないだろうが、殺すか殺されるかの毎日だ。不眠不休で五日間も進軍したこともあった。行軍中、中国兵の死体がごろごろあったり、日本軍の馬が死んでいたり、あの時の臭いは今でも思い出すほどだ。

村から徴発★した麦粉でみんな食中毒になったこともある。村人が麦粉に薬物を混ぜていたらしい。中国での二年間はいくら話しても終わることのないほど、いろいろな出来事があった。

昭和十七年の初めに青島《チンタオ》に移動、兵隊が集まったにも集まったにも、街の中は兵隊ばかりになった。船でベトナムへ行き俺はハイフォンに上陸、それから終戦まで米軍のB－29とグラマンの空爆で苦しめられる。ある朝、小隊長から戦闘は中止の命令、終戦だ。みんな勝つ気になっていたから残念だった。がっかりした。フランス軍の捕虜になり、一年ほどは馬の当番だ。

赤紙に始まった七年間の官費旅行が終わったのよ。

21

麻酔薬なしで、骨をノコギリで切って、ぐるりの肉を寄せ集めて、十七針も縫った。

大正5年12月8日生まれ　高橋《たかはし》　七郎《しちろう》

私ほど転戦した者もめずらしいと思うよ。昭和十三年、朝鮮と満州、ソ連の国境の接するところで★張鼓峰《ちょうこほう》事件が起きた。その時の部隊、第十九師団の通信兵として入隊。十五年に除隊になる予定だったが、臨時召集で満州・新京の飛行集団高部隊航空通信部隊へ入隊した。チチハルや牡丹江などで訓練して、十六年の夏、南台湾へ。そこで上陸訓練などして、開戦の次の日にフィリッピン西海岸へ上陸。ビガン飛行場で通信の任務をした。航空通信隊は、本部、飛行場間、飛行機との交信をした。全部暗号文でのやり取り。

その後、マニラ侵攻作戦に参加。そしてタイのバンコックへ転進。そこからジャングルを突破してビルマ入り。ラングーン、そこから北へ。あっちこっちの飛行場で任務をしながらメイクテイラ飛行場に着いた。

その頃、ビルマは雨期で毎日が雨降り。多くの部隊と飛行機はタイで訓練中で、ビルマには留守部隊だけになった。その隙にイギリスの飛行機が飛んで来て、飛行場を攻撃した。特にわれわれ通信隊は集中攻撃され、部下八人が戦死、私も負傷した。

私は太腿から左足がないのよ。あの日は久し振りに天気が良かった。昼頃、イギリスの爆撃機と戦闘機が飛んで来て、バラバラと弾を落とした。こっちも高射砲などで撃つが全然当たらない。その時、私の膝に弾が当たった。血がドロドロ出た。私はバンドで太腿を思い切り結んで止血した。そして野戦病院へ運ばれて軍医の手術を受けた。野戦病院なんて名ばかり、この辺の掘っ立て小屋と同じよ。それに麻酔薬がない。骨をノコギリで切ってぐるりの肉を寄せ集めて、十七針も縫った。無我夢中、若かったから助かった。痛かったとか苦しかったとかはどうしても思い出せない。

負傷後、野戦病院からラングーンへ。そこから病院船でシンガポール、香港、台湾、大阪、東京、水戸などの病院で治療とリハビリをして兵役免除となり、家に帰って来た。負傷したのが十七年七月、家に帰ったのが十八年七月だから約一年間も病院を転々とした。

今も年に数回、ものすごく痛むことがある。その時は戦死した部下を思い出して、薬に頼らず我慢している。二、三日もすると痛みは治まる。

片足がなくなってから六十年になる。この頃は体力もなくなったせいか、義足で歩くのが億劫になってきた。長いこと米沢の★傷痍《しょうい》軍人会の会長をしていたが、会員皆が老齢で集まるにも大変だからと言って、昨年解散した。

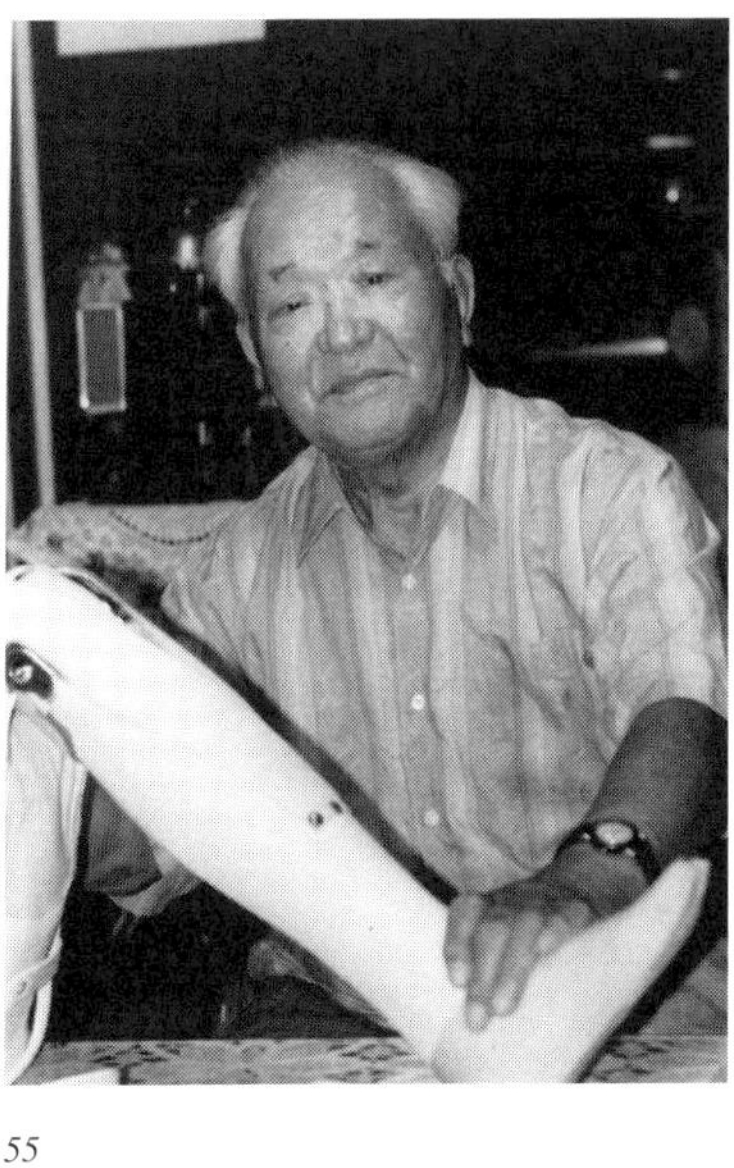

22

連隊長の前で、浪花節の「召集令」をやった。連隊長、涙流して聞いてくれた。

大正5年12月24日生まれ

高橋《たかはし》 伊之助《いのすけ》

昭和十三年一月に山形の連隊へ入営。三か月間の新兵教育後、満州の牡丹江へ。その年に満州とソ連の国境で張鼓峰事件★が起きた。その年俺たちは国境近くの南天門山の山中を警備した。その時は三日三晩、大雨が降って飯が届かなくなり、乾パンを食った。あの時の雨はものすごかった。

その後、新兵の教育係をした。俺、銃剣術強くてよ。連隊で優勝したこともあった。それに兵隊に行く前から浪花節が大好きで、お祭りや、集まりなどで唸《うな》っていた。部隊の演芸大会でも浪花節やった。ある時、連隊長の前で（浪花節の）「召集令」をやった。病弱の妻と子供を残して出征する男の話よ。連隊長、涙流して聞いてくれた。それで外泊を許されて、三味線を弾く芸者と三日間も音合わせしてから唸ったり、除隊後、木戸銭取って口演したことも。今も老人会で唸れと言われる。

十四年のノモンハン事件★の時はハイラルにいた。その時の間島中隊長は短気で、すぐ刀を振り回して斬ると言われていた。ある日、教導学校★を卒業したばかりの伊藤分隊長が中隊長にハッパかけられ、それがきっかけで部隊を脱走した。三人一組で毎日、伊藤分隊長を探し回った。あるカフェーに立ち寄った時、犬川村生まれの女中に会った。同じ置賜生まれということで脱走兵探しなど忘れて、そのカフェーへ昼から通って遊んだなぁ。脱走した伊藤はハルピンで捕まった。

　十六年三月、軍曹で除隊。家がゴタゴタしていて帰るのがイヤで、軍属として東安省の関東倉庫へ入社。軍関係の物資の輸送が主な仕事だった。

　二年ほど経って、母から「嫁を見つけたから戻って来い」と言われた。二十八（歳）にもなったし、遊んでばかりいられないと思って、借り物の軍刀下げて家に帰った。満州へ行きたいという相手が今の妻だ。すぐ十人ほど集まって結婚式。三日ほど上山温泉の吾助に泊まって、妻の実家に一泊後、すぐに満州へたった。

　出発の日、羽前小松駅に行ったら、親族や友達が集まっていて、俺が軍刀を持っていたから兵隊だと思ったのだろう「万歳！　万歳！」でよ。あれは今でも忘れられない。うれしかった。

　その後、満州で召集。新妻と今生の別れと涙を流し入営。流れ流れて宮古島。毎日敵機の弾の中、戦争終わったと中隊長。話すことは山ほどあれど、時間となりました、お粗末な一席、お許しを〜。

23 「天皇陛下万歳」と言って死ぬ兵隊はいなかった。

大正6年2月13日生まれ　長沢《ながさわ》 仁兵衛《にへえ》

俺は現役と召集で二回入隊した。主に今の北朝鮮と中国だった。俺、兵隊に行く前は百姓をしていた。それがどういう訳か衛生兵になったなよ。百姓の俺が衛生兵なんて務まるかと心配したが命令だから仕方ない。

中隊に軍医と準医（軍医予備員）それに俺たち三人で一班だった。戦闘始まると負傷兵が前線から送られて来る。それを軍医の指示で止血したり包帯を巻いたりしたなよ。衛生兵はよ、看護婦のまね事よ。一応手当が終わると後方の野戦病院へ送る。死ぬ人も出る。俺たちは衛生兵だから直接敵と戦うことはないが、前線から送られて来る負傷兵の血を毎日見ているから前線は大変だろうなぁと思っていた。

昔は、兵隊が死ぬ時は「天皇陛下万歳」と言って死ぬと子供のころから教えられていたが、そんなこと言って死ぬ兵隊はいなかった。本人は死ぬとわかるのか、家の人の名前を呼んでいたな。家の人の名前を呼ぶ兵隊は必ずと言っていいほど死んだ。

俺たち衛生兵は戦闘の最前線には行かなかったが、ピストルと短剣を腰に下げていた。一度も使わなかったなぁ。

大砲などは馬で運んだ。大きな高射砲はゾウみたいに大きな馬六頭で引いていた。

俺たちは、日本で占領していた朝鮮だの満州だのでの争いは「戦闘」と言わなかった。

「何々事件」と言っていた。

空砲を撃って練習することもあったが、敵はそれが本物だと思って、あっちから撃ってきたこともあった。敵の大砲はあまり正確ではなかったから心配しなくても良かった。

あなたは俺たちが、外地でお国のために死ぬことなんてなんともない、と言ってもわからないでしょう。あの頃の俺たちのことはなかなか理解出来ないだろうなぁ。兵隊に行けば生きて帰れるなんて本人も家族もぐるりの人も思わない時代だ。戦地へ行けば、死ぬとか生きて帰りたいなんて考える暇がない。なんとか目の前にいる敵をやっつけたい一心だ。そうでないと俺たちがやられる。ほんだけんど一応戦闘が終わって友達が戦死したりすると、夜、家のこと思い出したなぁ。俺、生きて帰れるだろうかと不安だったなぁ。


（じいちゃん、兵隊六年行ってきたが二十八日不足で恩給もらえないの――妻談）。

24

朝鮮人の密偵はドイツは二月、日本は六月に負けると言ったのよ。

大正6年2月20日生まれ　保科《ほしな》 外之助《ほかのすけ》

長生きして良いもんだか悪いもんだかわからない。この歳になっても毎日忙しいもんだ。

俺は青森の★第八師団の騎兵隊だった。第八師団は満州事変の時に活躍した兵隊なもんだから、分隊長をはじめ上官はだいたい★金鵄勲章を胸につけて威張っていたもんだ。

騎兵隊はよう、敵を捜索する隊だから、いつも敵地へは一番先に行くことになる。中国服着て、朝鮮人の通訳を連れて、あっちこっちの部落や街へ行って敵の動きを探るんだが、★八路軍は兵隊と民間人の区別がつかない。ある部落に近づいたらパパーンと弾飛んできた。馬から降りて攻撃したごでぇ。分隊長が「部落に突っ込むべぇ」と言うから俺はダメだと答えた。八路軍は俺だを待っていて狙い撃ちするから全滅する。ほどほどにして帰んべぇ、と戻ったら馬いないなよ。初年兵の鼻を弾がかすって、馬の手綱放したから、馬もたまげて俺だより早く部隊へ帰っていったのよ。初年兵はブルブル震えていた。

八路軍は狙撃は素晴らしくうまい。百発百中だ。俺の撃った弾、敵に当たったことないと思うよ。こっちで撃つとそれを標的にして弾飛んでくる。一発撃ったら一回転寝返れと教えられているが、初年兵はすぐ顔を上げる。すると弾当たって死ぬ《の》なよ。八路軍と撃ち合っている時、タッタ、タッタ、タッタ、タッタ、タァーと突撃ラッパ。敵は一斉に逃げた。

俺、何回も戦ったが、突撃ラッパ聞いたのはあの時一回だけだったなぁ。

アメリカの飛行機が橋に爆弾を落とす、すると魚が浮いて、捕まえて食べたりもした。昭和二十年の一月ごろだったなぁ、俺、北京へ上京のため汽車に乗った。その時、朝鮮人の密偵、日本軍のスパイだな、乗っていたなよ。その人たちは無線機を分解して八人で分けて移動中だった。その人たちと話しているうちに「日本勝つと思う？」と聞かれた。日本が負けるなんて思ったことないから、不思議なこと聞くもんだと思った。その人は「ドイツは二月、日本は六月に負ける」と言ったのよ。俺、部隊に帰ってから上官に話したら「誰にも話すな」と言われた。

終戦は、本土決戦のために釜山《プサン》まで来た時だった。翌日から日本兵には物を売らなくなった。電車も乗せてもらえなかった。朝鮮人の変わり身の早いのには驚いた。

枕元に兵隊の時の写真を置いて毎日見て、当時を思い出している。

25

終戦と同時に部隊はバラバラになった。人の心もバラバラになった。

大正6年3月19日生まれ　井上《いのうえ》　勝美《かつみ》

兵隊の話聞きたいなんてめずらしいなぁ。俺ちょこっと、七年ほど兵隊に行ってきたなぁ。

★中郡《ちゅうぐん》に盛岡の騎兵隊が練習に来たことあんのよ。その時、馬に乗って剣下げているのを見て騎兵隊になりたくって、志願して兵隊になった。三日目にみんな向かい合って並べと言われた。何事かと思って並ぶと、★古参兵が見本を示すから見ていろと言うなり、ほっぺたに勢いよくビンタだ。これは天皇陛下の命令だ、向かいの相手をお互いに殴れと言う。何のことだかさっぱりわからないのよ。わからないまま、みんなほっぺたが腫《は》れるまで殴り合いよ。後で、班の一人が便所でタバコを吸ったためとわかった。その時、夢も希望もいっぺんになくしたなぁ。とんでもない所に来たと思った。

満州へ渡った。それも★匪賊の巣と言われているソ連との国境近くだった。駐屯地へ行く途中で匪賊から攻撃されたりして、それから三年、匪賊と戦った。二年半はランプ生活だった。シラミとナンキン虫に苦しめられたなぁ。相手は昼は百姓、夜になると匪賊になる。何種類もいたらしい。モグラ叩きみたいなもんだ。討伐に行っているうちに手薄な留守部隊が攻撃されたり、どうなっているのやらさっぱりわからなかった。

昭和十二年に入隊して十五年に家に帰り、

また十六年に満州へ行った。終戦は運良かったのだべぇ。四月に仙台へ戻っていた。広島・長崎で一つの爆弾で街が消えたと聞いたが、信用できなかった。

終戦の玉音放送は、俺、八月十四日にお参りに来て十五日、置賜駅まで歩き、汽車に乗った。中川駅近く走っていたころ、みんな脱帽しろと車内放送、そのうちに放送が始まった。誰が何を話したのかさっぱりわからない。ぐるりの人たちも同じだった。

当時、山形の本沢小学校にいた。帰って先生たちに聞いても、みんな天皇陛下の言葉聞いたことないから何を言っていたのかわからないと言う。同じ放送が夜にまたあって、日本が負けたことがわかった。

終戦と同時に部隊はバラバラになった。物資を持ち逃げする将校たち。日本はまだ負けていない、いや負けたでケンカする者。男は去勢されると言って逃げ帰った者。いろんなデマが飛んでハチの巣をつついたようなもんだった。隊長でさえミシンを持って逃げたんだから。

負けるって情けない。人の心もバラバラになった。

26

帰る時、苦力たちは駅まで見送りにきて泣いていた。

大正6年5月25日生まれ　遠藤《えんどう》　芳雄《よしお》

俺、★糠野目《ぬかのめ》で二十歳の時に兵隊検査だった。六十人ほどいたが、その中で甲種合格は八人よ。うち二人は短尺甲種合格。俺もそれだった。背が低いということよ。体は丈夫だった。★支那事変が始まった年、俺、横須賀の飛行場の工事現場へ出稼ぎに行っていた。その頃、兄はテニアン島へ移住して、サトウキビ栽培の指導員していた。俺も行きたくて「春だなぁ、パラオへ行く」と家へ連絡した。すると次の日、家から「召集令状来たから帰れ」の電報が来た。餞別などもらって急いで帰った。駅に甥っ子が迎えにきていて、「あの電報はウソだ」と言う。親父にやられたと思ったが、仕方なく百姓仕事していたら、今度は八月に本当の召集令状が来た。山形三十二連隊★輜重兵として入隊後、中国北部へ渡った。北京から二時間の所に、前線で使う食料や弾薬の倉庫があって、その警備をしていた。中国人の★苦力《クーリー》を使って、荷物の仕分けやトラックの積み下ろしを見張っている楽な仕事だった。苦力たちの中には女もいたし、日本の軍属もいた。給料を支払って働かせていた。現地の賃金より日本軍の給料が高かったせいか、みんなよく働いた。医薬品もあり、中国人が病気になると医者のまねごととして喜ばれたこともあった。冬の夜の★歩哨が一番つらい仕事だった。

倉庫があるのは田舎だから何の楽しみもな

い。餃子はうまかったなぁ。長谷川一夫一座の演芸、双葉山などの相撲一行が来て興行したのは楽しかったなぁ。

俺たち、どういう訳か十八年の五月、除隊になった。帰る時、苦力たちは駅まで見送りにきて泣いていた。別れるのがつらかった。

春、帰って百姓をしていたが、十一月の寒い日、稲始末していると、急に見合いするからと言われ、家の前でふんどし姿で手足洗っているところへ相手来たのよ。うふふふ……。俺はどっちでもいいと言うと、向こうが一緒になってもいいと言うので結婚した。その一家は朝鮮に住んでいて、妻は先生、親父は警察だった。朝鮮へ渡って終戦になった。いろいろあったが戦後、ヤミ船で日本へ帰った。

今は相撲が大好きで、ボケ防止に星取表を作って楽しんでいる。高畠の「ねほだれ大会」で三年連続最優秀賞にもなった。どんな曲にも合わせて踊れる。デタラメだけどよ。

27

上官には絶対服従。なんで殴られたかわからないのがしょっちゅうだ。

大正6年8月27日生まれ
上野《うえの》 均《ひとし》

俺は二回召集された。六年間ほど満州のソ連国境を警備した、戦闘は一回もしなかった。

俺、★中津川（山形県飯豊町）から街へ出たのは、兵隊検査で米沢へ行った時が初めてだった。山形へ入隊して、二十一歳で初めて汽車に乗ったなよ。汽車から見る富士山はものすごく珍しかった。毎日が初めてのことばかりで、大阪から船に乗った。それも初めて。船酔いでゲーゲーだ。飯など食えたもんでない。なのに漁村育ちは平気で俺たちの分までも食っていた。

大陸に上陸。貨車でソ連との国境、黒竜江上流で警備の任務をした。俺は重機関銃隊一組十人、それに馬二頭での行動だった。毎日練習、★幕舎《ばくしゃ》の生活が多かった。冬は特に大変だった。練習は計画通りだから気の緩みがない。ソ連の戦車に一升枡ほどの一式箱爆雷を胸に抱えて突っ込む練習もした。

★ノモンハン事件は正月決戦のため、応援に出発したが、着いた時は終わっていた。

俺たちの隊が一時帰還の予定の時、A型パラチフスという伝染病が流行り、一か月ほど遅れて中津川に帰った。百姓をしていたが、頼まれて★青年学校の指導員に。ところが始まったとたんにまた、村の兵事係が「おめでとうございます」と言って召集令状を持ってきて、親父が「ありがとうございます」と言って受け取った。

そしてまた満州へ。今度は★古参兵だからボイラー番や炊事係などしていた。その頃の俺たちは日本が負け続けているなんて知らなかったが、食う物が少なくなって豆や小豆の★カテ飯になった。それに内地から来る★補充兵の持ち物、竹の水筒に短剣の鞘《さや》が木製だった。その補充兵と交代で家に帰ってきた。

兵隊なんて不思議なところでなぁ。「天皇陛下の命により」と言われれば、どんなことでもしなければならない。上官には絶対服従、それに威張っていた。なんで殴られたかわからないのがしょっちゅうだ。質問されたら知りませんとは絶対言うな、忘れましたと言えと教えられた。

三回目はお盆礼にババァ（妻）の実家にいた時だ。夜、兵事係が「おめでとうございます」と言って召集令状、赤紙よ。（兵隊とられるなんて幸せなこと。また頑張らなければいけないと思っていた。今考えると馬鹿みたい――妻談）

次の日、入隊の準備をしているとまた兵事係が来て、「昨日、ラジオで戦争終わったと放送した」と言う。家にラジオがなかったから、終戦のこと知らなかった。

28

アメリカの飛行機が猿羽根山に墜落したなよ。一人のパイロットが生きていた。

大正6年8月30日生まれ

船山《ふなやま》　昇《のぼる》

この辺で俺くらい楽な軍隊生活した人はいないと思うよ。支那に五年にいて一回も危ないと思ったことがない。鉄砲撃ったり撃たれたりしたことがない。そして戦争が激しくなる頃、除隊になった。あれはよかったなぁ。

俺は昭和十四年八月、赤紙が来て山形三十二連隊へ入隊した。一週間ほど食っては寝、食っては寝。その後、汽車で大阪へ。着いたら国防婦人会からお茶の接待されてよ。女たちは十日間も接待が続いて疲れたと言っていた。そこから貨物船に乗せられた。船底の三段組み、頭がぶつかるほど低い所で、豚並みの扱いよ。着いた天津は洪水でよ、六か月も街の中から水が引かなかった。ボートで街の中へ行くと、バスの屋根の上を通れた。ロバや豚の死骸が流れていて、時には人間の死体も浮かんでいた。

郊外の学校のようなところ俺たちの兵舎だった。二百人ほどいた。そこは野戦兵器廠《しょう》で食料や兵器など、兵隊が使うあらゆる物が保管されていた。俺は雑器材班で食料や兵器以外の物はなんでもあった。その管理と修理をするところよ。ホームセンターのようなところで、毎日、前線から来る兵隊に物品を渡したり、入庫する物品の管理をしたりした。貨車に積んで運んだこともあった。帰りはあっちこっちの名所を見たりして、国際列車で帰ってくるのよ。

日曜日は板札の外出証明書を持って日本租★界へ行って、映画を見たり酒を飲んだりして遊んでいた。のんびりした五年間だった。昭和十八年に除隊になって日本へ帰って来た。

二十年六月にまた赤紙が来た。新庄の近くの舟形へ行った。学校が兵舎になっていて鉄砲等の兵器は何もなかった。毎日何もすることがない。将棋などで遊んだり、小国川に入って魚捕ったりしていた。ある時、鉄橋の下でダイナマイトで魚捕っていて、保線区の人に見つかって怒られたことがあった。山へ入って山菜採りもよくした。新庄に本部があって、毎日そこへ荷車で食料を取りに行った。

いつだったかなあ。アメリカの飛行機グラマンが猿羽根山《さばね》に墜落したなよ。俺たちに命令が出て、捜しに山へ入った。機体を発見、一人のパイロットが生きていた。飛行機には多くのすばらしい機器類があった。アメリカ兵を兵舎へ連れ帰った。俺たち兵隊の中に英語を話せる人がいて何かを話していた。そのアメリカ兵は「今日の攻撃が終われば満期除隊でアメリカへ帰れる」と言ったらしい。近くに英語を話せる人がいたなんて驚いた。その後、捕虜はどうなったかわからない。

六か月もの間、山の中を逃げ回った。自分で作った針で服を修復し、わらじを作った。

大正6年9月23日生まれ
井上《いのうえ》　忠《ただし》

「キウヨウデキタ『キコクノシタクシ』フミツクヲマテチチ一六七二六（急用できた「帰国の支度し」文着くまで待て父）」という電報が岩国市に来た。召集令状が来たから米沢へ帰れということだ。その頃、広島市内には兵隊が多くいて、夜になるとサーチライトで空を照らして夜間練習していた。戦争近いなぁと思っていた。

　昭和十六年八月、山形の北部十八部隊に入隊。九月にはソ連との国境、（黒河省）神武屯にいた。アムール川は川幅一キロもある。向こう岸にソ連の人々が見えた。

　俺の仕事は気候観測。二時間ごとに気温、風向、風力、水温、水の深さ、冬になると氷の厚さなどを測っていた。俺、入隊後毎日、日記、あれはメモだなぁ、書いていた。それを南方フィリッピンに移動する時、「将校行李」、かばんだな、★将校へ頼んでフリーパスで内地へ送った。それが戦後、『独混二十六連隊比島の苦斗』を書く時、非常に参考になった。この本だよ。

　十九年九月、フィリッピンのサマール島へ上陸した。フィリッピンの島では三つのうちに入る大きい島だった。すでにアメリカ軍が島の反対側に上陸していた。それから終戦まで、生死の狭間をさまよった。海岸線にいると海から攻撃されるから、内地の山の中へ入った。その時、三日分の食料しか持ってなかった。山の中ではアメリカ兵が前方で俺たちを待ち伏せ、後方からは俺たちを追っかけてくる。六か月もの間､山の中を逃げ回った。

斬り込み隊といって真夜中に敵地へ突入するが、敵は機関銃でバラバラと撃つ。とてもかなわない。空からは爆弾落としてくる。三百人ほどで山の中へ入ったが、終戦の時は百人。それでも他の部隊よりは戦死者が少なかった。司令官が立派だったのと、同県人の隊で足の強い農家出身が多かったからだろう。それに軍規を守っていたからだと思う。

六か月も山の中にいたから服はボロボロ、自分で作った針で服を修復した。軍靴もダメになり､麻でわらじを作ったが丈夫だったよ。二か月も履いた。俺は終戦の時、素足だった。

二十年九月の初めに、海軍中佐と陸軍憲兵隊の中尉、アメリカ軍の大尉と通訳、それからフィリッピン兵の護衛が部隊へ来て、山下奉文将軍の命令書が読み上げられ、俺たちの戦争は終わった。その時の気持ちは、一口では言えない。複雑だった。

兵隊の時の思い出の品、アメリカ兵からもらった安全カミソリとひげブラシだ。私の宝物みたいなもんだ。

30

討伐は三日で終わる時もあれば、一か月も追っかけたこともあった。

大正6年11月15日生まれ　高橋《たかはし》　憲明《のりあき》

俺は昭和十三年に召集で弘前の山砲★へ入隊、すぐ支那へ運ばれた。山砲はよ、大きな大砲で砲弾が十五貫（約六十キロ）もあって運ぶのが大変だった。

徐州には割合長くいた。俺たちが徐州へ行った時は、途中に貨車や自動車がひっくり返っていた。そこから討伐に時々出かけた。一回だけ帰ってきたというか逃げてきたというか、戻ってきたことあった。敵から追っかけられながら基地へ帰った。話はするが書くなよ、負けて逃げ帰ったなんてはずかしい。

徐州の近辺には八路軍★と正規軍（国民党軍）、そのほか馬賊などがお互いに縄張り争いをしていた。敵は鉄砲一丁だから移動が簡単だ。俺たちは歩兵、機関銃兵、山砲、野砲などが一団となって進軍し、後方からは馬車やトラックに前線で使う弾や食料を積んで運んで来る兵隊たちもいた。敵を追っかけるが、彼らは身軽だから、危ないと思うとさっさと逃げて行く。俺たちは夜、行動しないから、彼らは夜のうちに迎え撃てる場所を陣取って俺たちを待っている。そこでパンパンやって、負けると思うと逃げていく。逃げ足が速いのよ。

討伐は三日くらいで終わる時もあれば、一か月も追っかけたこともあった。鉄砲などの弾はなかなか当たるもんでない。毎日のようにパンパンやっていたが、こっちもあっちも戦死する者は少なかった。

俺、足、弱かったもんだから行軍は大変だった。足にマメ出してよ。それが痛かった。遅れると敵にやられるから必ず皆について行かなければならない。それが兵隊の時の一番苦しかったことだったなぁ。

十五年の秋に帰ってきた。玉庭村の農会へ勤めた。当時の農業の技術指導員だな。増産、増産の時代だから、あとは兵隊に行くこともないと思い結婚したなよ。でも、十九年にまた召集され弘前へ入隊。青森や八戸の太平洋の見える山に横穴掘りよ。アメリカ軍が海から上陸することを予想しての陣地づくりだった。毎日、土方の仕事よ。兵隊なんだか民間人の作業員だか区別がつかなかった。あの穴、今どうなっているだろう。

その後、群馬に移って、部隊の再編中に終戦になった。

31

兵器類を集めて焼いた。その時、本当に負けたんだなぁという気持ちになった。

大正7年1月17日生まれ　川崎《かわさき》　幸七《こうしち》

俺よ、息子や孫に戦争の話すると「またかぁ」「聞かねえでええ」と言われる。君のように遠いところから聞きたいなんて来る人はいねえ。なんぼでも、何時間でも話すよ。

俺は昭和十四年、★輜重兵《しちょうへい》で★支那事変に行った。輜重兵はよ、馬車引きだ。弾薬だの食料だの荷物を前線へ馬で運ぶ兵隊だ。補充兵だった。

その頃は万里の長城近くで張作霖の息子・張学良の軍（奉天派）と戦っていた。大きな城壁のある部落だった。夜になると毎日爆弾が飛んできた。三人一組で夜、偵察に出された。あれはおっかなかったなぁ。

それがどういう訳か八か月で帰ってきた。

次は昭和十六年、満州の国境近く★黒竜江で国境警備をした。所々にある陣地へ弾薬や食料を配達する仕事をした。川の向こう側はソ連、攻めていく時と攻められた時を想定し、橋を作る材料の鉄板を山に掘った横穴へ保管したり、太い丸太とセメントで★トーチカや★塹壕《ざんごう》を作っていた。その材料を馬で運んだりして二年ほど過ぎた。冬は寒くて寒くて話にならない。冬の夜、★歩哨に一時間交替で立つんだが、その時、耳が凍傷になった。凍傷になって両足を切断した人もいたくらいだ。

二十年四月に本土防衛のため、福岡に移動した。福岡市の小高い墓場の近くに天幕を張って、本土決戦に備えて毎日練習していた。

ある夜、敵機が市内に爆弾を落とした。一晩中市内は燃え続け、街全部が燃えた。俺たちは天幕の中から眺めていた。

終戦の日は、兵舎から七里ほど離れた原野で戦車に対する攻撃方法を練習中だった。昼食の時、玉音放送があって日本が負けたことを知らされた。みんながっかりした。気ぃ抜けたみたいだった。

夕方帰る時、お盆だったのでお墓参りの人々と会ったが、みんな無口で頭を下げて歩いていた。しばらくして兵隊に関する自分の持ち物や兵器類を集めて焼いた。その時、本当に負けたんだなぁという気持ちになった。戦友の死など悲しいこと、苦しいことは多くあったが、今も思い出すと悲しくなるのは兵器類を焼いた時だ。あの時が、一番悲しかった。

俺たちの部隊は幸い戦死者が少なく、復員後は毎年戦友会を開いている。いつもにぎやかだったなぁ。昨年は十五人集まった。みんな年だし集まるのも大変になったのでそろそろ解散しようかと言うと、二人になるまで続けると言う元気な者もいて、今年も案内状が来たところだ。

32

ある時は蔣介石軍、ある時は毛沢東軍と毎日のように戦闘よ。

大正7年1月25日生まれ　情野《せいの》　辰雄《たつお》

俺は召集で昭和十四年五月、山形三十二連隊へ入隊。その年の十二月には北支の徐州へ着いた。ほらこの軍隊手帳見ると毎日のように戦闘よ。ある時は蔣介石軍、ある時は毛沢東軍とよ。蔣介石軍と毛沢東軍の戦闘を眺めていたこともあった。

そして十六年五月に、一か月ほど、有名な★中原会戦《ちゅうげん》に加わったなよ。俺たち中隊は歩兵だったから、一番先頭で敵兵と向かい合う。それが山また山の中、岩山で深い谷の中だった。その時の写真帳（『中原会戦記念写真帳』昭和十六年十月田中部隊本部発行）がある。この写真は朝日新聞の記者とカメラマンが撮ったのよ。俺たちの中隊と行動を共にしたなよ。俺も写っている。この写真帳を見ながら話すと、山西省と河南省の間にある大行（太行）山脈に蔣介石軍の主力部隊二十万人が陣取っていた。日本軍はそれを囲んで全滅を謀《はか》った。

「蔣介石軍を河北より一掃するは此の一戦に在り。刃向かう敵は之を其の場にて倒し、逃ぐる敵は之を黄河に落とし入れ、隠れし敵は之所在に捕へ任務を完遂し得ん」なんてビラが飛行機からばら撒かれた。山岳だから自動車や馬も使えず、ほらこの写真、一斗樽を兵隊が背負って登っているところだ。そんなところだから武器は鉄砲と機関銃くらいだった。俺たち歩兵だったから、敵が逃げて行くとそれをどんどん追いかけた。すると後方からの食料が続かなくなった。十日間ほどは食う物がなくて大変だった。やっと飛行機から米の投下があった。落ちたはよかったが、袋は全部はじけて地面に散らかって食えなかった。次からはパラシュートに付けて落とした。こっちは日の丸振って場所を知らせるんだが、風吹いているから谷に落ちたり岩山に引っかかったりする。それを拾いに行く人はいないのよ。皆疲れていてよ。仕方なく俺たち三人で行った。拾ってまず俺たちで腹いっぱい食ってから、谷から背負いあげたこともあった。あんな大きい谷や岩山はこの辺にはない。

一か月も敵を追っかけていた。この写真見て。山また山だ。これは大行山脈の析城山を占領した時、日本の方に向かって皇居遥拝した時の写真だ。このラッパ持っているのが俺だ。一番大きく写っている。

その後も半年ほどいろいろな作戦に参加していたが十七年一月にベトナムのハイホンに移った。そしてその年の八月に大阪港へ帰って除隊となった。戦後もしばらくは、山へ入ったりすると大行山脈のこと思い出したなぁ。

33

朝起きると六尺の棒で病人の頭をポンポンと叩く。

大正7年3月30日生まれ　佐藤《さとう》　庄雄《しょうお》

俺は日本中のならず者が集まった独立守備隊へ入隊。ドクロマークのついた服で街を歩くと、普通の兵隊はコソコソ逃げて行った。古参兵は若い上官に「弾は前からばかりでなく後ろからも来る」なんて言って脅して、毎日肩もみさせていた。俺も毎日のようにビンタされた。

陸軍記念日の朝、食堂へ行くとお祝いの赤飯の準備中だった。見ていると小豆うるかした（ひたした）水をなげて（捨てて）いる。俺はそれでは赤飯にならないと言って作り方を教えた。俺、若い頃サイパン島で三年ほど料理屋をやっていたから料理には自信があった。それで炊事係になった。しばらくして将校当番の炊事係になった。四人の料理作れば後は暇だった。現地の人と仲良くなり、将校へ配給する石炭を街の飲み屋へ横流しして、毎晩タダ飲みしていた。

ある時、何の用だったか病院へ行くと、同郷出身の軍医がいて声をかけられた。それで今度は病院の医者の助手になったのよ。そのおかげで日本へ帰れた。

病院内で停戦になった。神の国、決して負ける心配はないと思っていたからなぁ、その時点では。停戦後もしばらくは病院にいたなぁ。そのうち発疹チフスが大流行、いやぁ、死んだにも死んだにも。仮病舎は真ん中が通路、両側に病人が並んで寝ている。朝起きると六尺の棒で病人の頭をポンポンと叩く。生きている人は「生きております」と返事する。三回目、少し強く叩いても動かない者は死んでいるから、足を引っ張って通路に出す。少し元気な病兵三人で霊室という物置小屋に死体を積み重ねた。寒くて土など掘れないから仕方がない。あの多くの死体はどうなったのだろうと今も思うことがある。

軍医は解剖が大好きでなぁ。「佐藤君、始めるぞ」と言われると物置小屋にある死体を運んでくる。「まず頭を開け」「腹を開け」「胸を開け」と言われて素手でメスを使うから、死体の臭いがなかなかとれない。いやだった。暇さえあれば解剖だったなぁ。

停戦後はソ連の捕虜。そこから逃げて八路★軍と行動をともにしたり、中央軍に助けられたりした。俺たち、薬を持っていたので、医者まがいのことをして薬を売ったり使ったりして生き延びていた。ノイローゼの人とか死にそうになった人の家族から、始末して殺してくれと頼まれたりした。あれだけはできなかったなぁ。

ぐるりのみんなが頭、変だった。心を持たない人間になっていた。

34

軍刀を米沢の南部骨董屋へ一万円で売ったなよ。

大正7年6月7日生まれ
森谷《もりや》 敬《たかし》

軍隊のことか？　軍隊ってなんで日本にできたか。なんで満州を日本が占領したということから話さないと、君のような若い人には軍隊の大変だったことや苦しかったこと、毎日が死と紙一重のところへいたったか、わからねえべぇ。

まず今日は俺の軍隊時代のことだけ話すか。俺は支那の徐州に近い河南省で三年半ほど八路軍★と戦った。俺の軍隊時代には七十二回の作戦、戦闘に参加したことが書かれている。うそだと思うべぇ、見せるか？　俺たちと戦った八路軍の兵器はチェコ・スロバキア製だった。中でも狙撃兵はおっかなかった。射撃がとても上手だ。あれに狙われたら命なかった。日本軍は戦争で負けたことないから、いつも「前へ進め進め」だよ。八路軍には戦術がいろいろあって、それで苦しめられた。八路軍も日本軍も支那人の密偵★を使った。敵味方の密偵同士がお互いに情報を交換し、なるべくお互いに出会わないようにしていたから、大きな戦いはしなかった。

俺、運良く昭和十五年に家に帰ってきた。それがまた、二十年三月に赤紙来た。今度は新潟・新発田の十六連隊への入隊だった。

当時、中隊にはラジオがなく、家にラジオがある人は米沢の人だった。俺はその人の監視役として、一泊二日で米沢までラジオを取りに行った。俺は家に泊まって次の日、（米坂線）中郡駅で落ち合って新発田へ帰った。そのラジオで八月十五日、天皇陛下の放送聞いた。ガアガアーってなに言ったかわからなかった。

新聞記者をしていた中隊長が「日本は負けたんだ」と言った。みんな勝つ気でいたから大騒ぎ。アメリカ軍が上陸すれば俺たちは殺される。殺される前にパーっと遊ぶべぇということで、有り金全部持って昼間から街へ飲みに行き、すっからかんになって兵舎へ帰った。

それからしばらく何もすることもなく過ごしてから、家に帰ってよいと言われた。みんな金一銭も持っていない。俺、代表になって駅長とかけ合い、帰ったら必ず汽車賃を返すと書き、はんこ押して貨車に乗って帰ってきた。俺、部隊から機関銃と弾六百発持ち出した。それを見た上官が「米軍は海から上陸する。その時、俺、戦うから機関銃譲れ」と言うので軍刀と交換した。当時は物不足な時代、その軍刀を米沢の南部骨董屋へ一万円で売ったなよ。当時としては大金で、ヤミ米でも十二俵★は買えた。その金で俺の家は助かったなよ。

35

朝、目を覚ましたら、ぐるり一面にゴロゴロと中国兵が死んでいた。

大正7年6月30日生まれ　高橋《たかはし》 一太郎《いちたろう》

君、戦地の話なんて、行ったことのない人になんぼ話してもわかんないさ。でも話すのか。

俺、昭和十三年に山形の第三十二連隊へ入隊した。俺、人に負けるの嫌いでなぁ。ある先輩に「軍人勅諭」を暗唱できれば上等兵に早くなれると教えられて、あれは勉強したなぁ。「軍人は忠節を尽くすを本分とすべし」から始まるんだが、長い文章でな、なかなか大変だった。「国家を保護し国権を維持するのは兵力であり」「兵力の消長は是国運の盛衰なる事」「義は山嶽よりも重く死は鴻毛よりも軽しと覚悟せよ」と続く。要約したのが聖訓五箇条だ。「一　軍人は忠節を尽くすを本分とすべし、二　軍人は礼儀を正しくすべし、三　軍人は武勇を尚ぶべし、四　軍人は信義を重んずべし、五　軍人は質素を旨とすべし」となる。

いい言葉だべぇ、今の世の中でも通用すると思う。でも兵隊の組織は将校★連中が威張ってばかり、俺だ兵隊を消耗品のように扱っていた。

山形から中国の北の方へ行った。そこで、南部太行作戦なんて一万人規模の戦闘があった。若い将校は学校で戦術を勉強したが、実戦の経験はないから部下が死ぬ。でも、分隊長の俺は部下一人も戦死させなかった。俺は度胸はあっから、戦況をよく見て攻撃してた。

冬は寒くて大変だった。飯盒《はんごう》の飯、凍ってよ、ホーク（フォーク）が刺さんない。短剣で飯食ったこともあったなぁ。それから朝、目を覚ましたら、ぐるり一面にゴロゴロと中国兵が死んでいた。もちろん日本人も死んでいた。

昭和十八年九月、上海からニューギニアの
サルミに上陸した。ニューギニアではオランダ兵、インドネシア兵、イギリス兵、アメリカ兵らと戦った。

戦闘で死んだ兵隊より、マラリア★で死んだ兵隊の方が多かった。君、マラリアの熱は大変だよ、四十二度の高熱が何日も続く。すると水飲みたくなる。でも泥水だ、下痢する。それが続くと脚気になり、心臓に入ると一発で死ぬ。

今は心友会の小松支部の会長をしている。心友会わかる？　生きて帰った人で恩給、年金だな、もらっている人たちの集まりだ。今年で五十年になる。会員みんな年齢《とし》だから、解散したいと思ってる。

（高橋さんの戦争体験、二時間あっという間に過ぎる。連隊長以下将校戦友数十人の名前、出身地がポンポン出るので驚く。――筆者）

36

なんで顔色も格好も同じ人たちと戦わなければならないのだろうと思った。

大正7年8月31日生まれ　長沼《ながぬま》　喜内《きない》

なんで言うかな。戦争の話なんて聞きたいと言われても年齢《とし》だし、この頃は血圧も高いし、それに足も弱って話す元気もなくなったなよ。息子らに戦争の話をすると、「親父、今頃戦争の話なんてすると笑われるだけだ。ボケたと言われるんだから」なんて言われる。それに戦争に行ってきた友達も次々と亡くなっていく。少し前まではよく行ったり来たりして、半日も一日も戦争の話していたもんだが、それもできなくなって淋しいもんだ。

　私はね、弘前の野砲に入隊した。大砲隊よ。一門の大砲を六人一組で操作するんだけれど、お互いに役割あってなぁ。運ぶ時は山の中なんかは馬だった。平地では何で運んだか忘れた。山西省で俺たちは中原作戦★(会戦)という大きな戦をしたなよ。生きている者は全部殺せという命令だった。四日四晩も一睡もせずに行軍した。

　黄河って知っているでしょう。中国では二番目に大きな河だ。その河辺で、敵が川を渡るのを阻止する役目だった。黄河は広くてよう、向こう岸が見えなかった。俺たちが大砲でバンバン撃つうちは敵も動かないが、止めると今度は狙撃兵が俺たちを狙い撃ちしてくる。その時だったなぁ、俺の耳のちょうど近くを弾がヒューッと通ったなよ。すると背中の汗が氷のようになって流れたなよ。今思い出しても、あの時は軍隊生活の中で一番おっかなかったなぁ。そのほかにも毎日のようにおっかなかった。死ぬと思ったことは数え切れないほどあった。よーく生きて帰れたもんだと思う。

その中原作戦が終わって、大部分の敵は死んだか逃げていった。別な場所へ移動する時、道の両側に支那兵の死体がごろごろどこまでも続いていた。戦争なんて殺すか殺されるかだ。いくら死体があっても、なんにも気にならなかった。

支那の集落には必ず城壁がある。ある時、その中へ入ると、壁にマンガが描かれていた。木があって長く伸びた枝に首を吊るされている日本の総理大臣が描かれていて、その側に日本語で「戦争をやめて国で待っている親や子のところへ早く帰りなさい」と書いてあった。あれは本当のことだった。なんで顔色も格好も同じ人たちと戦わなければならないのだろうと思った。

終戦近くなった頃は利根川の辺りにいた。毎夜、東京の街が燃えているのを見ていた。俺たちの同級生は大部分戦死した。俺だけが今も生きているなんて誠にもったいないことだ。

37

ぐるりにいる人、みんなドロボーに見えたな。俺もドロボーの一味なんだけれど。

大正7年11月13日生まれ　須藤《すどう》　久《ひさし》

俺は現役で山形へ入隊、中国北部の山西省へ行った。八路軍と大きな作戦を何回もやった。特に中原作戦（会戦）は大変だった。黄河を船でつないで橋を作って渡ったこともあった。

その後、鉄道の警備をした。汽車は午前に二回と午後に二回通った。主に貨物車だった。俺たちは駅の近くにトーチカを作ってよ、高さ一・五メートル、幅三メートル四方の広さの中に常時二十人くらいの兵隊がいた。そこへ夜になると必ず八路軍が攻撃に来る。五、六人くらいでなぁ。こっちは二十人もいるからバンバン鉄砲撃つとすぐに逃げていった。だけど、夜、一人で歩哨に立った時はおっかなかった。一時間の長いこと長いこと。

トーチカの中からは八路軍を迎え撃つのはあまり恐ろしくなかったが、昼間、民間人の格好をしてぶらっと来る八路軍の兵士がいた。腹に手榴弾を三つか四つ持って近付いてきて、トーチカの中へ投げ込むのよ。あれはおっかなかった。それで俺たちも時々油断しているもんだから死傷者が出た。

駅と言っても客車は一日一往復くらいなもんだ。現地の人が乗り降りしていた。駅のぐるりはトウモロコシ畑でな、あっちこっちに民家があってそこに住んでいる人たちが時々、来て、タバコや羊羹と現地のパンなどを交換して、割合と仲は良かった。

そんなことをしているうちに三年経って昭和二十年六月に除隊となり家へ帰った。あんときは嬉しかったなあ。でも、一か月も経たないうちに赤紙が来て召集された。やっぱり山形へ入隊。東京の皇居の守備隊よ。当時、皇居の中には常に一個大隊約六百人はいた。俺は二重橋の守衛だった。毎日、B-29が飛んで来て爆弾を落とすが、皇居には一つも落ちなかった。毎日が楽な任務だった。

八月十五日、俺たちは兵舎で天皇の玉音放送を聞いた。俺は早く家に帰れると喜んだ。三日ほど兵舎でゴロゴロして家に帰れることになった。その頃、将校★や下士官★たちは倉庫へ行って山ほどあった缶詰やパン・米など、自動車に積んでどっかへ行ったな。それで俺たちも三人で倉庫へ行ったら、食料倉庫は空っぽだったが、被服倉庫には新品の衣類がぎっしり詰まっていた。それをリヤカーに積んで防空壕に隠して、俺たちは背負えるだけ背負って家に帰ってきた。三日ほどして防空壕の中に隠してある衣類を持ってこようとまた汽車で東京へ行った。隠した防空壕の中は空っぽよ。誰かが持って行った後だった。がっかりよ。ぐるりにいる人、みんなドロボーに見えたな。俺もドロボーの一味なんだけれど。ハハハ…。

38

身体検査不合格で、悲観して、鉄道自殺した者もいた。

大正7年11月23日生まれ　横沢《よこざわ》　龍雄《たつお》

兵隊の話なんて急に言われてもなあ。話しているうちに思い出すかも知れないから話してみるか。

俺は現役で弘前の騎兵第八連隊へ入隊した。その頃の騎兵隊は男らしい兵隊だった。ソ連のウラジオストックが見える国境の密山で警備していた。一面が湿原でよ、日本の馬は湿原に弱い。馬が湿地に入った時は困った。その点、満州の馬は小さいが強かった。満人の集落もあって、城壁で囲んでいた。日本の開拓団の集落はそれがなく、時々、匪賊★に襲われていた。国境からお互いに四里は非武装地帯でそこへは入らなかったので、山ドリやノロ（鹿の一種）が一帯にいた。夜になるとオオカミも出た。

俺たちは二個中隊で馬が八十頭くらいいた。騎兵隊は朝が早い。馬の運動やエサを与えてから自分の朝食よ。それが昼も夜も同じだ。その頃の満人はトウモロコシのおかゆが常食。俺たちは毎日のように豚の丸焼きを食って、太って困ったこともあった。毎日が単調な生活、馬番している時は歌よ。

〽流れ豊かな黒竜江～岸の茂みが我が住家～水を鏡に髭面剃れば～満州娘も一目惚れ～なんて歌っていた。

年に三回ほど演芸大会があった。二中隊三班の横沢と言えば有名だった。全身に墨を塗って土人踊りや詩吟の鞍馬天狗よ。

〽花咲かば告げんといひし山里の～使いは来たり馬に鞍～なんて歌って、俺、人気あったのよ。ハハハ……。

警備中にはいろいろなことあったなぁ。ある時、つないでいた馬が逃げて俺たちの米を全部食われたことがあったり、街の方まで馬が集団で逃げて行ったこともあった。それから夜の巡回中、匪賊に逆襲されて戦友が死んだこともあった。少し高い山へ登ってソ連の方を見ると、遠くにウラジオストックの街並みやシベリヤ鉄道の汽車が白い煙出しながら走って行くのが見えた。

昭和十八年に帰って来て二年ほど家で働いた。二十年四月に仙台へ召集され新兵の教育をした。その頃、召集された新兵は、入隊してから身体検査不合格で一割も帰された。その頃、兵隊として役に立たない男なんて一人前に見られなかった。帰る途中で悲観して、鉄道自殺した者もいたほどだ。

終戦の日は兵舎の屋根の上で米艦や敵機の警戒中。双眼鏡もなく肉眼でよ。そのうち下から「戦争終わったから降りて来い」と言われた。

39

日本軍には鳩兵がいて百羽くらい飼っていた。その鳩に戦況を書いて放した。

大正8年1月1日生まれ　斉藤《さいとう》　義実《よしみ》

戦争の思い出は考えただけで、ざわざわする。とてもじゃないが、毎日が命拾いばかりだった。その日その日の命だった。俺はどうしてか、作戦というと大きな旅団★級の戦闘、しかも激戦地ばかりだった。

俺、山東省博山県で初めて戦闘した。もう少しで部隊が全滅するところだった。そこは治安が安定していたので日本軍が引き上げていた。すると、そこに八路軍★が現れて、日本の作ったトーチカ★に立て籠もった。山の上だった。俺たち、気軽に攻撃を始めると、相手から総攻撃され、朝から夕方まで戦った。戦友は死ぬし、弾薬はだんだん少なくなる。通信も不能、進むことも逃げることもできなくなった。

日本軍には鳩兵《きゅうへい》がいて百羽くらい飼っていた。伝書鳩よ。その鳩に戦況を書いて放した。その鳩、旅団本部へ飛んでいった。すぐ援軍が来て攻撃に参加して、俺たち部隊は助かった。魯中作戦といってわりあい有名な作戦だった。それだけ日本軍の犠牲も大きかったということだ。今も鳩見ると、あの時のことを思い出す。

次の大きな作戦は臨朐《りんきょう》県であった。大きな城壁の中に七千人の八路軍が立て籠もっているという情報。こっちは旅団約一万人で城壁のぐるりを固めた。そこで驚いたことに、前線の兵が後方から攻撃された。後方には日本軍しかいないつもりでいたから混乱した。後からわかったのだが、城壁の中の地下に軍用品を作る大きな工場があったのよ。そこから穴を掘って外に出られるようになっていた。出口は墓場だった。日本軍には大きな犠牲が出た。占領して城壁内に入ったら八路軍は、たった千人ほどだった。

俺は兵器係だったからわりと楽だった。員数さえ合えばよかった。帳簿と数が合わない時は何か理由を書く。討伐に使ったとか練習に使ったとか、書類を上官へ出せばよかった。

人手不足の時は、保安係になって自衛軍と一緒に街や村を巡回したり、討伐に行ったりもした。その当時、中国には八路軍、中央軍、自衛軍とあった。俺たちは八路軍と戦った。三か月も討伐して街へ帰ると、俺たちは汚い格好。夜、カフェーで酒飲むと、きれいな服装をしている海軍とケンカだ。中国では八路軍と中央軍が戦い、日本軍は海軍と陸軍が毎晩ケンカだ。話にならないほど難儀したが、帰れたから運が良かったということだろうなぁ。

40

夜になると現地人を案内人にして次の村へ移動、着くと案内人を殺した。

大正8年1月13日生まれ　情野《せいの》　一二《かつじ》

俺の家では叔父と弟の二人が戦死した。この辺で二人も戦死した家は珍しい。

弟は一人前の大工になった年に海軍へ召集され、ソロモン★海戦で戦死した。

叔父は軍属★で満州で働いていた時に、福島県の女から慰問文が来た。兵隊を勇気づける手紙よ。それを読んだ叔父、その女に会いたくなって内地へ帰ってきて会ったなよ。そしてすぐ結婚して、俺の家に一泊して、また満州へ戻った。ウソみたいなホントの話だ。叔父は満州で二人の子供を授かり暮らしていたが現地召集で兵隊になり、吉林省で戦病死した。その後、妻子の行方はわからない。

俺は昭和十六年に教育召集★で山形で三か月間の教育を受けた。十八年に赤紙来て山形の雪部隊へ入隊。すぐ朝鮮、満州を通って上海に送られた。何日かかったか忘れた。

それから毎日、南方行きの訓練よ。海上で船沈んだ時、サメに食われないように長い白い衣を腰につけて泳ぐ練習よ。「雪部隊が南方へ行ったら雪溶けてしまうべぇ」なんて話していた。

運よく俺たちの代わりに満期除隊組が現地召集され南方へ行った。それらの兵隊は大部分が戦死した。俺は勝部隊へ転属になり、十九年、河南作戦に参加した。俺は歩兵だから最前線を歩いていた。ところが後方から食料が届かなくなってよ、一週間、飲まず食わずだった。今思うと兵隊で一番苦しんだ一週間だった。

敵は夜動かない。俺たちは夜専門に行動した。昼、城壁のある集落で休んで、夜になると現地人を案内人にして次の村へ移動。着くと案内人を殺した。密告されるからよ。

時々、戦闘もした。一面の野原は隠れるところがない。ひょいと頭を上げるとパアーンと弾が飛んでくる。俺はじーっと動かなかった。それで今も命がある。運の悪い人ばかりだ、戦死したのは。

終戦は天皇の放送を聞いてわかった。がっかりしたが負けた気になれなかった。

アメリカへ送られて去勢されるなんてデマが飛んだ。毎日デマ話ばかりよ。それから満人や朝鮮人の兵隊が★将校や下士官にひどい暴行を始めた。イジメの仕返しよ。

終戦までは「命令は絶対」。命令通りに動いていた。その命令が役に立たなくなった。みんなバラバラだ。お互いに他人の物を盗んでも取り締まる人がいない。負けてからは常識も命令も役立たずだった。

41

司令官の部屋の掃除、鉛筆は十本以上すぐ書けるようにしておいた。

大正8年1月28日生まれ　菅井《すがい》　正八《しょうはち》

あの頃は、次男、三男は兵隊で出世するのが夢だった。俺もその気だった。役場に航空技術庁の募集広告があった。その試験受けた。算数の問題は今も覚えている。二升枡と三升枡がある。一升を量るにはどうすればよいか、なんて問題、簡単だった。合格したなよ。俺は兵器部でレンズなどを作る技術を覚えた。

そのうち二十歳になって徴兵検査、甲種合格。十一番目だった。赤紙来て横須賀の海兵団へ。しばらくして司令従兵になった。司令官の部屋の掃除、鉛筆は十本以上すぐ書けるようにしておいた。朝、司令官が車で来るのを待って鞄を受け取り、後について事務室へ。玉露茶の出し方を先輩に聞いて出す。司令官室隣の小部屋で用事を待つ。ビーとベル鳴ると、トントンとドア叩いて入り、指示を受ける。「茶を出せ」「課長呼んでこい」「副司令官のとこへ行ってこい」「タバコ買ってこい」……。「ハイハイ」と言って用件を済ます。昼食の時はそばにいて食器の上げ下げをする。一時も気を緩められなかった。

その後、「利根」という軍艦で南方を転戦して、終戦近くに宮崎県の富高航空基地にいた。爆撃で兵舎も滑走路も使い物にならず、民家に寝泊まりした。飛行機や★赤とんぼ練習機は黒塗りして山に穴掘って隠していた。米軍は光の強い新型爆弾（原子爆弾）を落とすから、穴の出口を光入らないようにトタンで隠せと命令があった。今考えると馬鹿らしいことよ。

練習機は一日一回エンジンをかけないと動かなくなる。ある日、飛行機に行く途中で自転車がパンクして、お守りも落とした。「変な日だなぁ」と思いながら帰ると、重大放送があるからと民家の庭に集まった。ラジオ聞いたがガァーガァーで何言っているのかさっぱりわからない。夕方になって「戦争やめた、あまり騒ぐな、静かにしていろ」との命令だ。三日ほどで兵器の全部を飛行場に集めて、隊は解散となった。

民家の親父が豆さえあれば生きられると豆炒りを俺たちにくれた。それを持って汽車に乗った。夜、広島駅に着いた。嫌な臭いがぷんぷんした。

★坂町からは★無蓋《むがい》貨車、トンネルの中は煙で大変だった。三日目で犬川駅に着いた。九州からの汽車賃は四十円くらいだったと思う。御龍蔵の祭の日だった。

（四年前、脳梗塞やって、この頃は、話すこともしどろもどろだけど、今日は戦争の話して生き生きしているよ——妻談）

42

敵機内でマフラー振っている女がいた。その女が俺たちに機銃掃射するのよ。

大正8年5月20日生まれ　斉藤《さいとう》　力《ちから》

昭和九年は不景気の真っ最中。俺は米沢の米穀、薪や炭を扱っている林崎商店で★奉公した。五年ほど働いて商売も覚えて、この商売でなんとか生きようとした時、入隊の通知書が来た。俺は甲種合格。米沢で初めての近衛師団高射砲第二連隊へ入営した。目が良かったから選ばれたと思う。この本、『おじいちゃんの戦い』読んで。俺が書いている。

七年半、軍隊生活をした。まず北支・山西省太原へ行った。二月だったので旧正月よ。夜、街のあっちこっちで爆竹。古参兵から敵襲だなんて驚かされた。太原には北支の軍司令部があり、その司令部の警備が主な任務だった。一年半ほどいたが一回も敵機は飛んで来なかった。

高射砲隊は分隊長以下十三名ほどが一組で、それぞれ役割があって、俺は九番弾丸装填手だった。高射砲隊には三原則があった。まず、「敵機との距離や高度」を測る。次に飛行機の速さ「航速」。三つ目は「航路角」といって砲から何度の角度で飛んでいるかを測る。その三つを計測して弾を撃つのよ。高射砲隊は敵機が来たとなると行動する兵隊よ。連絡が入れば、飯食っていようが寝ていようが、フンドシ一本姿でも、何をやっていても飛び出して配置につく。

十六年十月に太原出発、石家荘、済南、南京などを一週間程ずつ警備して上海に着いた。そこで夏用の半ズボンと半袖シャツ、綱の付いた帽子を支給され、初めて南方へ行くことがわかった。

十一月に輸送船に乗せられて海南島に着いた。そこでは歩兵が輸送船から縄梯子を使って★大発舟艇に乗り移る訓練をやっていた。俺たち高射砲隊は敵機の識別の訓練だった。

開戦の日、昭和十六年十二月八日にマレー半島のパタニーへ上陸した。そこからシンガポールを目指した。今言うとおかしな話だが、道路が舗装されているのを初めて見て驚いた。

シンガポール攻略後、ビルマのラングーンに上陸。★インパール作戦の時、シエウボ(シェボー)の飛行場を警備した。毎日敵機が飛んで来た。ある時、敵機内でマフラーを振っている女がいた。その女が機銃掃射を俺たちにするのよ、あれには参ったなぁ。

ミンガラドン飛行場の防衛後、プノンペンやバンコクへ移動。サイゴンで終戦になった。激戦地だったが、俺たちは飛行場を守ったり、大隊本部を守っていたから、戦死者は少なかった。兵隊だから上下関係ははっきりしていたが、分隊内は仲が良かった。だから、今でも戦友会はにぎやかなもんだ。

43

勝つ方法は一つ。肉弾戦だけよ。
二百人の中隊が数人になったこともある。

大正8年7月18日生まれ
山岸《やまぎし》　圭助《けいすけ》

俺よ、赤道を行ったり来たり何回もした。昭和十六年十二月三十一日、大阪港を出港してから五年間、南方で戦ってきた。時々、孫に戦争の話したからか、孫は二人とも自衛官だ。一人は東ティモールへＰＫＯで行っている。もう一人は航空自衛隊で、パイロットを目指して北海道で頑張っている。俺は今も、日本国は日本人で守らなければならないと思っている。

俺、フィリッピン、インドネシアなどの島々を渡り歩いたから、この地球儀を見ながらでないと、君もわからないべぇ。ここガダルカナル島で、俺、中隊長して苦労した。激戦で多くの部下が戦死した。朝早くから夕方暗くなるまで艦砲射撃だ。それに空からは飛行機で機銃掃射。俺たちは夜作った★蛸壺で一日中動けない。弾は飛んでくるし、それに暑い。苦しかったなぁ。

一日に三千発も爆弾落ちたこともあった。南方は海岸がヤシ林だ。そのヤシの木が大部分倒れたり、途中から折れたりした。ものすごかった。爆撃された初めのうちはブルブル震えていたが、慣れてくると落ち着いたもんだ。死と生どっちか一つ、クソ度胸が出て平気になった。それが地上戦になるとまた大変だ。あっちは性能のいい武器でバンバン撃ってくる。こっちは明治時代の鉄砲、★三八式だ。勝つ方法は一つ。肉弾戦だけよ。敵地へ突撃だ。ほだから戦死者が多くなる。二百人の中隊が数人になったこともある。

俺、ガダルカナル島の戦闘で足ケガしたなよ。歩けなくなった。俺は中隊長だから、部下に助けられれば大切にされたものの、他の★中隊に助けられて手荒く扱われた。あれは痛かった。担架で野戦病院に運ばれる途中、敵の飛行機からの★機銃掃射。すると俺を道の真ん中に置いてみんなジャングルの中へ隠れた。あの時は地獄だったなぁ。

二日ほど担架に乗って野戦病院へ着いた。病院といってもテントだけだ。食料、米だな、それを持っていないと入院はだめだと言われた。どうにか入院したものの、夜になると月の明かりだけ、あっちこっちからうめき声が聞こえる。軍医はいたが薬がない。死を待つだけの病院だ。毎日、死体がテントから運び出されていった。毎日、明日は俺かと思っていた。

終戦の時、俺は★大尉だった。ポツダム宣言があり、少佐に進級すると戦犯で処刑されるからと進級を認められなかった。その時、少佐になっていれば恩給がもっともらえたのに……。

44

海軍上等整備兵曹で責任者の俺が、七人の部下とともに毎日イモ畑で働いた。

大正8年8月10日生まれ　治田《じだ》　五郎《ごろう》

戦争で体験したことは伝えなければならないと思っているが、みんな忙しくて聞く人もいない。心友会も解散したからなおさら話す機会がなくなった。君は若いのに戦争の話を聞きたいなんて、よほど物好きなんだなぁ。

俺は昭和十四年十二月に現役で横須賀の海兵団へ入隊した。新兵教育後、木更津の海軍航空隊へ移った。その後、終戦まで足かけ七年ほど、飛行機の整備兵として二十一カ所の飛行場を転々とした。今、話題になっている北朝鮮の貨客船「万景峰92」の母港・元山から始まって、上海、台湾の高雄、フィリッピンのミンダナオ島、タバオ（ダバオ）からインドシナのセルベス（セレベス）島、ボルネオのバリクパパン、バリ島、チモール（ティモール）島、ソロモン群島、ボーゲンビル（ブーゲンビル）島、ニューブリテン島のラボール（ラバウル）渡り歩いた。その間、二回ほど上陸作戦へ参加。夜間上陸して朝になったら、現地の黒人がゾロゾロと兵舎のぐるりに大勢いたのには驚いたなぁ。

俺は支那では蔣介石軍、フィリッピンではオランダ軍、それからソロモン群島ではオーストラリア軍と戦った。復員して中津川★に帰ってきてから初めてアメリカ兵を見た。

飛行機の整備兵として、どの島の飛行場へ移動しても爆撃は激しかった。ある時、爆弾の破片が足に当たった。それが戦後二十年も過ぎてから後遺症として現れ、今も足が不自由で杖を使わないと歩けない。

日本の飛行機が全滅してからは爆弾は落ちなくなった。それでも毎日、グラマンが低く飛んで来る。ヤシの木の間に針金を張ったら、それにひっかかって墜落したこともあった。二世の日本人や女性のパイロットの飛行機が墜落したこともあった。

だんだん食料が不足するようになって、百五十人ほどの兵隊が食うサツマイモ作りを命令された。海軍上等整備兵曹で責任者の俺が、七人の部下とともに毎日イモ畑で働いた。手作りの農具で初めのうちは苦労したが、だんだん良いイモが育つようになり、一年に四回も採れた。

オーストラリアの飛行機から伝単（ビラ）撒《ま》かれるようになった。「スコップとクワなどの農具を送るから日本より離れて独立しなさい」。「アメリカで珍しい爆弾を作った。その爆弾を近く、君たちのところへ落とすから見てください」。あとは「アメリカの女性を送るからラボールで独立しなさい」。

毎日、ビラが空から舞い降りてきた。しばらくして終戦よ。オーストラリア軍の捕虜となって、二十二年五月に帰って来た。

45

帰る頃、蔣介石からの勲章をもらった。蔣介石軍のおかげで日本へ帰れた。

大正8年8月13日生まれ　情野《せいの》　嘉吉《かきち》

この間、一週間ばかり脳梗塞で入院してきた。脳梗塞で今まで六回も入院した。今日は気分も良いから兵隊の話してみっか。兵隊に行ってきた人も年々少なくなっているから、君のように記録残してくれる人、ありがたい。

　俺は三回も赤紙来た。昭和十四、十六年と十八年九月。三回目の時は結婚して三日目だった。北支、大連の雪部隊へ入隊。その雪部隊は後に南方へ移動して、大部分は死んだ。俺、上海に着いた時、過剰兵でまた大連へ戻された。その後、憲兵の教育を受けて憲兵になった。憲兵は兵隊を取り締まる警察の役目をしていた。威張っていたもんだ。俺は若かったから威張らなかったが、普通の兵隊から見れば敵兵よりもいやな人間に見られていた。

　終戦近くになってソ連が攻めてきたので、北京まで戻ってきた。そして終戦だ。しばらくして蔣介石軍から「俺たちの身を守ってもらいたい」と頼まれて、日本へ帰るまで蔣介石軍のために、毎日、街の中や田舎へ行って、毛沢東軍の動向を調べるスパイになって働いた。日本兵五人、朝鮮人通訳一人、蔣介石軍十五人で情報収集の仕事だ。ちょっと前までの敵兵も一緒に、今度は共産党軍を敵に回しての仕事だ。蔣介石軍の上官は日本語ペラペラだった。

　お金は使い切れないほどもらえた。兵隊は内地で月給五円五十銭、外地で約十八円だったが、蔣介石軍からは毎月四十円ももらったなぁ。それに日本兵の時より楽な仕事だしなぁ。いろいろあったなぁ。面白い時もあったし、おっかない目にもあった。蔣介石軍の兵隊からはセンビン・ドウチェン（憲兵・情野）と言われ、昼食などおごったりおごられたりしていた。俺たちの監視の役目もあったらしい。

　向こうの兵士の心を読むのは大変だ。日本の常識は通用しない。蔣介石軍の上官からは、「君たちは天皇のためでなく師団長や大臣の命令で（戦争に）来たのだから早く帰してやる」といつも言われていた。帰る頃、蔣介石からの勲章をもらった。たぶん、日本で蔣介石から勲章もらったのは俺たち十六人だけだと思うよ。蔣介石は偉かった。蔣介石軍のおかげで日本へ帰れた。蔣介石のありがたさは今も頭から離れない。

　帰ってから、当然、恩給（年金）もらえるもんだと思っていたら、雪部隊の軍籍が終戦のどさくさでわからない。いろいろ調査・申請したがダメだったよ。もしもらえたらざっと、ウン千万だ。ハハハ……。

46

弾は、俺の目に当たって、耳のそばを通って外へ出た。

大正8年10月8日生まれ　青木《あおき》　隆善《たかみ》

俺の兵役は短い期間だった。初めて出撃した作戦で敵の弾当たってすぐに日本へ帰された。だから兵隊の話なんてあまりない。あのころは日本の勝ち戦だったから、戦死した兵隊は盛大に村葬された。俺みたいに片目ではいろいろと不便なこともあるが、生きて帰れたから良い方だと思っている。

　昭和十四年に現役で秋田の第十七連隊第四中隊の歩兵として入隊した。一か月ほどして北支・山西省へ渡った。そこで新兵教育を受けて一等兵になった。十五年六月に大きな作戦に参加した。俺は中隊長の当番兵★だった。秋田出身の立派な中尉だった。当番兵はいつも中隊長に付いて動く。

　ある日、★コーリャン畑を無数の敵兵がものすごい勢いで突進して来た。鉄砲の弾がバラバラ飛んできた。弾は、俺の目に当たって、耳のそばを通って外へ出た。意識なくなってよ。痛いとか、血がどのくらい出たとかわからなかった。どのようにして野戦病院へ送られたかもわからなかった。

　その後、三十人乗りの飛行機で福岡の小倉へ。しばらくして病院列車で東京第一陸軍病院へ着いた。その病院列車、畳敷きでよ。それまで畳敷きの汽車なんて見たことも乗ったこともなかった。大きな扇風機、その前に大きな氷柱もあった。

　その頃は勝ち戦だから、俺たちは名誉の負

傷兵として大切にされた。入院中は国費治療。俺は片目だから独歩患者組よ。毎日の診療も自分で歩いて受けていた。義眼を入れるため、目の中を整形する必要があって長く入院した。義眼師は梨郷《りんごう》（現・南陽市）出身の人だった。

　東京第一陸軍病院は大きくて四千人ほどの入院患者がいると言われた。俺の病棟は外科だから手や足のない兵隊が多かった。常に痛む病気ではないから、毎日が楽な生活だった。いろいろな団体が慰問に来たり、招待されることも多かった。バスで送り迎えされて、映画館や演芸場に連れて行かれた。何を見たかは思い出せないが、楽しかった。病院近くの催し物、盆踊りとかお祭りにも招待され見に行った。どこへ行っても白い病衣着ている俺たちは大切にされた。入院中に中隊長が見舞いに来てくれた、あれはうれしかったなぁ。

そして、十六年二月、家に帰って来た。

　戦後は毎年、戦友会があった。俺は「兵役の期間が少ないから」と言ったが、皆が「来い、来い」と言うもんだから出席した。戦友会の集まりは楽しいもんだったなぁ。

47

なぜメレヨン島が早く、特別仕立ての病院船で帰還できたのか。外地引き揚げ一号よ。

大正8年10月12日生まれ　佐藤《さとう》　甚助《じんすけ》

私は昭和十五年から十九年まで満州の密山郊外で主計下士官だった。主計は兵隊の衣食住、兵器など、すべて管理する部署よ。十九年三月に関東軍の大部分が南方へ行き、俺たちも臨時列車で密山を出発。予定より一日遅れで釜山に着いた。それでサイパンでなくメレヨン島へ行くことになった。釜山を出航する時は、兵隊で満員の貨物船十五隻で出発。途中、敵潜水艦の魚雷で十二隻沈んだ。サイパンに着いたのが三隻、そこでまた二隻やられた。俺が乗っていた船にも魚雷は当たったが不発だったのよ。

四十二日目でメレヨン島に着いた。その島は世界地図にもない赤道直下の小さな島。兵器や食料を砂浜に陸揚げした日、敵の爆撃でほとんどなくなった。

なんでそんな小さな島へ上陸したかというと、そこは海軍の飛行場。その警備の兵隊と飛行場整備の徴用民間人と合わせて七千人ほど上陸した。食料のほとんどない島に七千人だ。片端から栄養失調と伝染病で五千余人が死に、爆撃で三百人ほどの人が戦死した。

毎日朝九時になると決まってB－29が七機編隊で来て爆弾を落とす。米軍が練習場所に使っていたのよ。それが終戦まで続いた。飛行場が蜂の巣を逆さにしたように穴だらけ。その穴にカボチャを植えていた。

俺は本部にいたので、毎日、ハワイからの

日本語放送を聞いていた。「太平洋の島々の日本の兵隊さん、毎日御苦労様です。三月十日、陸軍記念日おめでとう。昨日は東京を空襲して十五万戸が焼失しました」「沖縄に上陸しました」なんて放送があって、東海林太郎などの流行歌手の歌が流れて来た。俺たちはデマ放送だと言って誰も本気にしなかった。終戦もハワイからの日本語放送で知った。

九月十七日、病院船高砂丸が入港。生き残っていた約千百人が乗って、二十五日に別府港へ着いた。別府温泉で約一か月間静養後、家に帰された。今も旅館から年賀状が来る。

なぜメレヨン島が早く、特別仕立ての病院船で帰還できたのか、当時、新聞が大きく取り上げた。俺たちは外地引き揚げ一号よ。

後で知ったことだが、マッカーサー元帥は、メレヨン島の惨状を知っていて、ミズーリ号艦上での調印後、すぐメレヨン島へ病院船を派遣し、引き揚げ後も温泉で保養させ、体力がついてから家へ帰せという命令を出したらしい。

戦後、メレヨン島の悲惨な状況に強い批判が出て、当時の最高指揮官が部下の死の責任をとって割腹自決した。

古参兵が捕虜を連れてきて、新兵の度胸試しだと、俺だに捕虜を銃剣で殺させた。

大正8年12月18日生まれ　井上《いのうえ》　徳蔵《とくぞう》

俺は昭和十六年に補充兵★で入隊した。赤紙来たか忘れた。兵隊検査は乙種だったが、百人までは現役編入。俺は百一番だったので補充兵になった。山形の連隊から支那の山西省へ。街はどこだったか忘れたなぁ。

古参兵★が捕虜を連れてきて、新兵の度胸試しだと、俺だに捕虜を銃剣で殺させた。その時、俺は度胸よかったとかでみんなより早く上等兵になった。支那兵を殺したのはその時だった。終戦後、家に帰ってからも、俺が殺した支那兵が俺を殺そうとする夢で、時々うなされてよぅ。苦しくて目覚ましたこと、何回もあった。今思い出してもいやな気持ちになる。

一年半ほど敵地に近い所に勤務した。ある夜、山西軍★に囲まれてよぅ。俺、班長だった。弾が撃ってなくなれば全員斬り込んで死ぬ覚悟したが、なぜか敵の方が引き上げていった。それで俺たち助かったなよう。

俺、時々、一人で支那服を着て密偵★に出された。ある時、水飲みに川に近づいたら、そこに敵の密偵がいた。急に出会ったもんだからあっちも逃げる、こっちも逃げる。どういうわけか、お互いに撃ち合いしなかったなぁ。

大隊本部のある太原に転属になってからの四年間は楽だった。ほだごでぇ、貨物庫の警備だもの。衣類や食料品の保管や食品加工所があって、軍属★や苦力★が働いていた。夜一人で見回り、あれはおっかなかった。時々、コソ泥が入ったが、こっちもおっかなかったから知らんふりして見逃していた。倉庫から酒などかっぱらってきて毎晩飲んでいた。反物を支那人に売った金は、日本へ帰るまで使っても使い切れなかった。

終戦になり、山西軍の大将・閻錫山《えんしゃくざん》の講演に俺、代表して行った。大将は「これからは東南アジアの人々はお互いに仲良くするべきだ」と話していた。偉い人だと思った。俺、なぜか閻錫山から声かけられて、鯉の一匹まの甘煮で接待よ。一緒に働かないかと誘われてよう。しばらくして、今度は八路軍の陣地へ行かされた。俺は殺されるかと思った。口から出まかせで支那語しゃべったら、ここでも待遇良くてよう。★八路軍に入らないか誘われてよう。

戦後、香港旅行した。そこの旅行会社の社長と話したら、戦争中は山西軍の部隊長で俺たちと戦ったと言うのよ。不思議な出会いだった。今もほら、この名刺、お守り代わりよ。

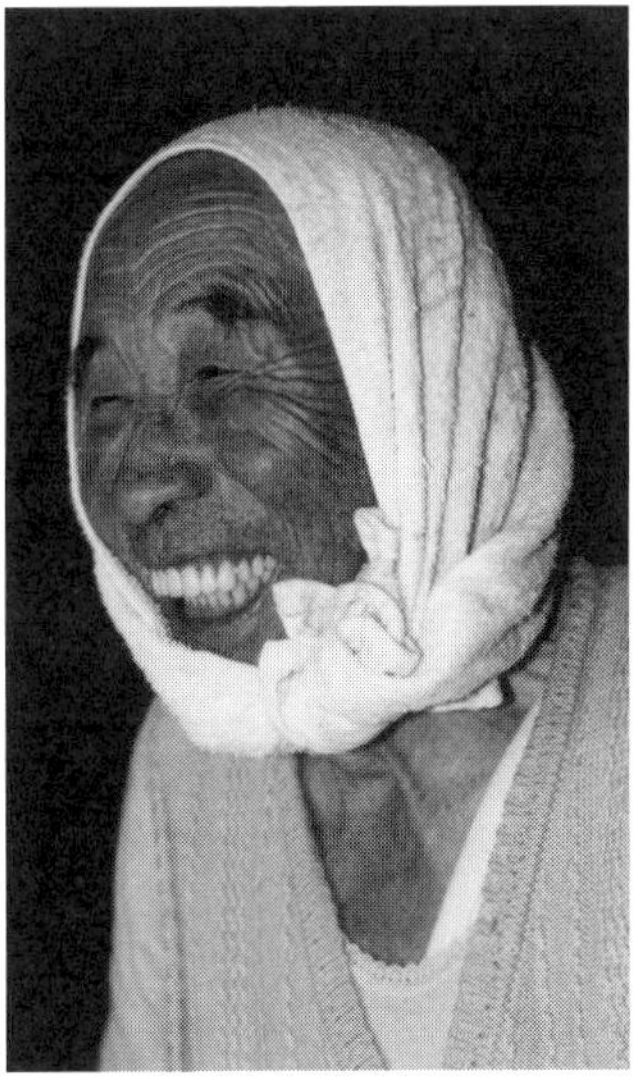

49

食う物は飼料並みだから骨と皮ばかりになり、栄養失調でバタバタ死んだ。

大正9年1月8日生まれ　森谷《もりたに》 久左ヱ門《きゅうざえもん》

俺は関東軍一五一五部隊へ入隊した。満州とソ連の国境、アムール川で国境警備をしていた。向こう岸でソ連兵が朝、河で顔洗ったりしているのが見えた。

終戦の時は、大きな山の頂上でソ連の飛行機へ小銃を撃っていた。その頃、日本の飛行機はなかったから、敵は悠々と飛んでいた。

終戦後、一週間かかってチチハルへ集められた。そこで「一週間ほど仕事がある」と言われて、また一週間汽車に乗った。★その間の食い物は、馬の飼料並みよ。コーリャン、トウモロコシ、えん麦などを煮た物だった。

着いた場所がウラノデ（ウランウデ）という松林の中だった。そこで初めて捕虜になったことがわかった。それから二年間、毎日、松林で作業をして帰ってきた。毎日が生死の境にいた。一日の仕事量が決められているから、少しでも休んでいると小銃を持ったソ連兵に「銃殺する」と脅された。俺よ、伐採作業していた時、三十人ほどの班長だった。毎日の仕事量が決まっていて、成績が悪いと班長が代表として丸太で作った小さな営倉にぶっこまれる。君、営倉ってわかる？　軍隊の監獄だ。二回ほど入れられた。四、五人一組の小屋が四つほどあって、いつも満員だった。

食う物は飼料並みだから骨と皮ばかりになり、栄養失調でバタバタ死んだ。毎日火葬だ。

骨の一部は全員日本へ持ち帰った。あれはよかったなぁ。

捕虜になってからも日本の軍隊規範は守られていたが、隊の中の朝鮮人は反発した。集団で日本兵がやっつけられたりした。食う物は、将校は上等の黒パン、その次は朝鮮人。ソ連兵は朝鮮人には待遇がなぜか良かった。俺たちには最低の食い物だった。栄養失調でバタバタ死ぬもんだから、ソ連のドクターが来て調べ、「皮付きのイモを食うからだ」と言った。それから、皮をむいて食うようになって、だんだんみんな元気になった。その皮を捨てると、ソ連の女衆が競って拾いに来た。皮を拾うのにケンカだ。ぶくぶく太った女のケンカ、ものすごかった。俺たちと同じく、食う物なかったなだべさ。

日本の将校には十分食えるほどの黒パンが給与され、働かなくてもよかった。毎日俺たちの仕事をブラブラ見ているだけだった。配給された黒パンを、俺たちが伐採した木を量る仕事をしているソ連の女たちに与え、俺たちやソ連兵が見ているところでペペコ（セックス）しているのよ、ハハハ……。それが時々だ。俺たちは骨と皮ばかりだからアレなど立つわけないのに……。

50

政府軍では上の者がピンはねするのが当たり前だった。

大正9年1月12日生まれ　渡部《わたなべ》　九一《きゅういち》

今日はカカアがデイサービス施設へ行っているからゆっくり兵隊話するか。

俺は昭和十六年、赤紙の召集で山形へ入隊。その後、北支へ行った。終戦になって政府軍に武装解除された。ところが政府軍の兵隊は日本の兵器の使用方法がわからない。それで、「中隊から一人ずつ兵器の使用方法を教える教官を残さなければ全員日本へ帰さない」と政府軍が言ってきた。俺が★迫撃砲の教官で残ることになった。あの時、なぜ俺が残ると言ったか、今もわからない。

それから三年間、政府軍と行動を共にしながら★八路軍と戦ったのよ。俺には通訳一人と当番兵四人が付いたが、当番兵は一人にして三人は架空の兵隊よ。その三人分の食料から給料まで俺の懐に入れたのよ。その他に私の給料ももらった。毎日が中国料理よ。豪華な料理が食えた。日本兵の時とは雲泥の差よ。金さえあれば賄賂《わいろ》の世界だからどんなことでも出来る。政府軍では上の者がピンはねするのが当たり前だった。

半年に一回くらい、政府軍の本部から中隊の練習や人員の数を調べる検閲官が来る。その時、俺が別の部隊で教えたことのある兵隊が中隊にいたのよ。不思議に思って当番兵に聞いたら、中隊は帳簿上百二十人、それによって本部から給料や物資が送られてくるが、実際は八十人くらいしかいない。四十人分は中隊長がピンはねしているのよ。だから検閲官が来るとなると別の中隊から兵隊を借りてきて員数をそろえる。名簿上の名前を読み上げるが連れて来られた兵隊は本当の自分の名前ではないから時々間違う。そんな時、中隊長はしどろもどろしてよ。一応そんな検閲が終わって、夜は麻雀だ。わざと検閲官に勝たせる、それが賄賂よ。

上官がそれだから兵隊は戦闘が始まってこっちが負けそうだと思うと、さっさと八路軍へ寝返るのよ。私もそれで一度、八路軍の捕虜になったことがある。ある時、城壁のある村にいた時、八路軍に三日間も攻撃され負けるなと思っていた時、俺の当番兵が「こっちへ来い」と言うので城壁の穴から首出したら八路軍に捕まった。俺の当番兵がちゃっかりと八路軍側に付いていたなよ。中国人は先を見ることに長けていた。一か月ほどしてまた政府軍の方に来たら今度は二日ほど牢に入れられた。今考えても不思議な世界だった。

その後、いろいろなことがあったが青島《チンタオ》から船に乗って帰って来た。まだまだ話したいことといっぱいあるが、続きは今度来た時に話そう。

51

「先に行ってくれ、後から行くから」。しばらくすると手榴弾で自爆する音。

大正9年1月17日生まれ　鈴木《すずき》　忠蔵《ちゅうぞう》

私、大学に入って喜んでいた時、召集令状が来た。それから終戦まで約五年間、主にビルマで苦労することになる。

戦後、戦友の慰霊にビルマへ六回行った。孫娘たちが「おじいちゃん、何回もビルマへ行くのなんでだ？」と聞くから、私はその時初めて戦争の話をした。すると、孫娘たちが行ってみたいと言う。今度四人で行くことにした。三女は今、拓大の国際開発学部の一年生。私とビルマの関わりが影響したのかも。

ビルマに進駐した頃は、植民地で苦しめられた英軍を追い払ってくれたと現地の人は喜んでくれた。それに肌の色も同じ。仏教も同じだったのですぐ仲良くなった。

開戦の時は、海南島のテントの中。朝、飛行場の飛行機が全部なくなっていた。どこへ行ったのだろう。

その後、★シンガポール島作戦に参加。日本軍が上陸しようとすると、敵は海に油を流し、火をつけた。文字通り火の海になって多くの戦死者を出したが、占領した。二か月ほどいて、ビルマへ渡る。一年半ほど平穏な時を過ごし、十九年の三月中頃、悲劇の★インパール作戦に参加。ビルマは四月頃から雨季になる。しとしとと毎日雨降りだ。ジャングルが白く見えるほどの強い雨が時々降り、ジャングルは沼のようになる。その中で食料は尽き、★マラリアや赤痢の発生、栄養失調で戦友の多くは死んだ。撤退することになり、敗走途中は白骨街道と言われ、死体が目に入らない日はなかった。「先に行ってくれ、後から行くから」「じゃ、ゆっくり来い」などと会話をして先へ行く。しばらくすると爆発の音、手榴弾で自爆するのよ。その爆発の音が毎日耳に入った。

その頃、私も歩けなくなった。「先に行ってくれ」と班長に言ったら、「お前だけは置いていけない」と、私をおぶって河を渡してくれた。それで私は今、生きているのよ。

二十年に敵中渡河作戦、河幅三百メートルを泳いで逃げる作戦だ。二万人ほどの兵が河を渡って、生き残ったのは八千人あまり。その中に私いたのよ。私は河の中で死んだふりして敵の目から逃れたが、渦巻に巻き込まれて意識を失った。気がついたら岸辺だった。三日ほどフンドシ姿で歩き、戦友と会った。その後、十日ほど過ぎて終戦を知った。

上杉ロータリークラブの会合でビルマの話をしたら、「できることはないか」と言われた。学校を建てようと募金を集め、数年前に百人学べる学校を援助した。うれしかったなぁ。私が死んだら「ビルマを愛した男ここに眠る」の墓標を作ってくれと会員に頼んでいる。

52

ハンドルは転把。ドアは開閉機。英語は「敵性語」といって絶対使えなかった。

大正9年2月4日生まれ　佐々《ささ》　良郎《よしお》

俺、若い頃、飛行機のパイロットになりたくて大阪に出ていったが視力が弱くてだめだった。それで自動車の運転手になった。当時の自動車の運転試験は自動車の構造が主だった。今は法令が大部分だべぇ。自分で自動車修理するのが当たり前の時代だった。

昭和十六年召集よ。大阪城で鉄砲預けられてすぐ船に乗った。南京で一週間ほど鉄砲の撃ち方を練習してすぐ戦地よ。漢口の近くだった。俺、自動車隊だった。前線基地へ兵隊、食料、弾薬など運んで、帰りは負傷兵や死体を運んだこともあった。

中国にいるときは二回大きな作戦に参加したな。その頃は、英語は「敵性語」といって絶対使えなかった。自動車の部品も全部日本語よ。ハンドルは転把、ガソリンは燃料、バッテリーは蓄電器、ドアは開閉機。タイヤはタイヤだった。初めのうちはとまどったなぁ。

十八年十月にジャワ島へ移った。その近くの小さな島、アンボン島で中隊長の運転手した。その中隊長は下小松（川西町）の平芳作という人で大変お世話になった。車の運転のほかには通信機のエンジン修理などもした。

ある時、中隊長をドイツ製のナッシュ、今のタクシーくらいの大きさの自動車に乗せて走っていると、カーチスP－40というアメリカの戦闘機が飛んできて、俺の自動車めがけてバラバラと★機銃掃射してきたのよ。ガタガタ道だったがスピード上げてヤシ林に入った。後で自動車見たら、泥よけと後ろのトランクに穴開いていた。それ見てたまげた。

リアンという海岸いた時だったなぁ。高台には陸軍の高射砲隊が、俺たち通信隊は海岸近くのヤシ林にいたが、ボーファイターという英国の偵察機が飛んできた。高射砲でバンバン撃ったが弾は海へ落ちた。それを見ていた俺たち、飛行機に向けて鉄砲撃ったら当たったのよ。飛行機ふわーと海へ着水して二人のパイロットが沖の方へ泳いでいくもんだから、みんなで鉄砲撃ったけど当たらないのよ。そのうちダグラスという敵の水上機が飛んできて、二人を助けていったのよ。あれは不思議な出来事だったなぁ。

現地人からは時々、ヤシの樹液から作るビールみたいな飲み物を買って飲んだ。インドネシア人と日本人は仲良かった。肌の色も似ているし、日本人も悪いことしなかったし。

二十二年に帰ってきた。それからの生活は大変だった。苦労した。兵隊にいる時より苦しかった。

今は、足ちょっと動かないが元気だ。

53

毎日八時間、穴の中で働いた。弱い人はどんどん死んでいった。

大正9年3月8日生まれ　安部《あべ》　長雄《たけお》

戦争の話聞きたいって、急に言われてもなあ。六十年も前のこと、三日も前に言ってもらわないと思い出せないよ。

俺は終戦の時、満州のハバトにいた。特攻隊が編成され、ソ連の戦車隊に突撃するはずで、終戦がもう一日遅かったら部隊は全滅だった。俺、本部付きの通信兵で、有線電話で「明日は攻撃なくそのままハバトへ帰れ」との連絡、これで助かったなあと思った。ソ連兵が終戦三日前くらいから攻撃してこなくなった。不思議だなあと思っていた。

武装解除後二か月ほどブラブラしていたなあ。

ある日、ソ連兵から帰すと言われて★無蓋貨車に乗ったら、どんどんシベリアの方へ走っていく。二日ほど走って停まった所は原野、草ばかりの原っぱだった。そこで降ろされて丸一日歩き、着いたのが鉱山だった。古い建物があり、四方をバラ線（有刺鉄線）で囲ってあった。四隅の監視塔で銃を持ったソ連兵が俺たちを監視していた。

そこはソ連の流刑地だった。鉱山労働者、道路を造る作業班、伐採する組と三班に区分され、二年ほど働いた。俺は鉱山組だった。山に横から坑道が掘られ、毎日八時間、穴の中で働いた。ノルマがあった。弱い人はどんどん死んでいった。医者はいたが、薬がなかった。食うものは大変だった。一食に茶碗一杯の大豆、インゲン、★コーリャンとパン一切れ、時々、岩塩の配布があった。今思うと、あんなに少ない食い物でよくも生きていたもんだ。

一年ほど過ぎた頃、日本語の新聞が配られた。なにも読むものがなかったから回し読みしていた。共産主義の良いことばかり書いてあった。しばらくしたら、ソ連や共産主義の良い点をどのくらい理解しているかテストされた。その当時、テストに合格しないと日本へ帰れないという噂が広がっていたから、みんな一生懸命に日本語の新聞を読んで勉強した。あまりにし過ぎて日本に帰ってから共産党へ入党した人もいたくらいだ。

ある日、「明日何時までに駅に集まれ」と言われた。「帰れる」と思った。あの日は喜んだなぁ。先の見えない日が二年も続いていたから、みんな喜んだごでぇ。あの日の気持ちはどんなに多くの言葉で話しても君にはわかってもらえないなぁ。今まで生きてきても、あの時以上のうれしいことは思い出せない。それほどうれしかった。今も捕虜時代のこと思い出すけど、楽しいことより苦しいことの方が多いよ。

54

上陸したまではよかったものの食料の補給がない。食料調達の毎日だった。

大正9年3月12日生まれ
加藤《かとう》　竹三《たけみ》

兵隊の話と言ったっていろいろあってよ。ババァ（妻）のいたところでは話せないこともあってなぁ。

俺、独立守備隊に入隊。満州国の鉄道の警備や日本の開拓団山形村などがあって、その治安維持が任務だった。本当は騎兵を希望したが蹄鉄工兵に配属になった。馬の管理などの係よ。馬に関する教育を六か月受ける。学歴はなかったので大変だったが、首席で卒業した。中隊長に喜ばれた。褒められた言葉、ありがたかった。その後、蹄鉄工兵の新人教育助手をしていた。

一回も戦闘へ出たことはない。三年兵になると毎日が楽なもんだった。「関東軍の神様」なんて言われて毎日酒飲んで遊んでいた。当時、現役兵は三年で家へ帰れた。喜んでいると南方へ行けということになった。一か月ほど船に乗って、着いたところがニューギニアのハルマヘラ島。上陸したまではよかったものの食料の補給がない。それから終戦まで、敵機の機銃掃射、食料調達の毎日だった。

現地人もあまり食わないタピオカという芋を作って主食としていた。時々、野豚が畑荒しにきた。そんなものでは腹減ってどうにもならない。連隊本部には米が非常用だとかで山積みにしてあった。生きたいから度胸が出る。その米をかっぱらう相談だ。歩哨が見回っているからその隙を狙って米をかっぱらう。

もし見つかれば腹にドスンと弾が入る。
★マラリアはひどい。四十二度も熱が出た。敵機が毎朝九時になると飛んできてバラバラと機銃掃射だ。当たった人は少なかった。俺は敵に向かって大砲撃ったのは三発だけだ。一発は飛行機の尾翼に当たった。敵からの弾、俺の足元にだーっときた。たまげてひっくり返った。敵から弾来たの、その時、一度だけ。

終戦になって兵器を海に捨てた。米軍の補給基地だったモロタイ島へ使役として渡った。一か月は要領もわからず困ったが、物資を船から降ろしたり積んだりの仕事。英語なので箱の中身はわからなかったが、食品らしい箱を壊し、チーズ、バター、ミルクなどを食った。

そのうちに米兵とも仲良くなって、米兵の方から、君たちの言うことを聞くからもっと長く交代しないで働いてくれないかと頼まれた。それで食事の量も増え、日本へ手紙を出させてくれた。手紙はちゃんと家に届いていた。それから五か月、復員するまでいた。だんだんお互い気持ちもわかって仲良くなった。昼食は米兵と一緒に同じものを食うようになった。

55

終戦から四か月経って陸軍善行證書をもらった。俺の宝物だ。

大正9年3月24日生まれ　安部《あべ》 源太郎《げんたろう》

まず一服、お茶を飲んでから。半日では軍隊の話は終わらないよ。

俺は甲種合格で昭和十五年十二月に大阪入営集合の通知が来た。大阪城内で一応兵隊の準備があって、その後すぐ船に乗せられた。朝になって海上を見ると俺たちの船、輸送艦二隻に護衛艦十隻が見えた。支那に上陸、貨車で万里の長城を通過した頃だな、戸を少し開けて見たら戦死者の墓標のあっことあっこと。不安になった。着いた所は張家口。そこに終戦まで五年いた。厚い衛生教本を教官が説明しながら読んでいく。一週間ごとにテスト点数で序列をつけられた。みんな頭の良い人ばかり、俺は大変だった。

六か月の教育が終わって陸軍病院勤務となった。四百人前後の入院患者は戦闘が始まるとさらに多くなる。すると北京へ病院列車で送る。病院には軍医を始め衛生兵や赤十字看護婦に軍属★の看護婦、それに炊事するコックなど六百人くらいいて、俺は、その補給品係だった。米・味噌・醤油・漬物・魚類などの本部への調達と連絡を一人でやっていた。

終戦近くなって大部分の衛生兵は南方へ移動した。俺は残された、それで生きて帰れたと思う。南方へ行った戦友は大部分戦死した。その頃、補充兵が来た。大部分は妻子のいる新兵よ。坊主、床屋、先生、変わり種は背中いっぱいに入れ墨のある浅草のテキ屋の親分。社長、郵便局長もいたった。とてもじゃないが衛生兵としては使いものにならなかった。

そのうちに終戦になった。今も思うのだが、あの時、俺たちの部隊長は偉かったなぁ。部隊長は病院の重症患者や軍属、それに大勢の民間人を北京へ移してから、俺たち兵隊の張家口撤退を命令した。軍事用施設全部に火を付けた。夜、雨がじだじだ降っていたなぁ。歩きながら振り返ると街全体が火の海になって見えた。

それから三日ほど歩き、途中、貨車に乗って北京に着いた。道すがら日本の民間人の子供たちの死体を数多く見た。その頃の民間人の大部分は母親と子供だけよ。男は全部現地召集で戦地へ行っていた。無蓋車★の中で子供たちが重なり合って死んでいた。一部は穴を掘って埋めたが、全部はとてもできなかった。

北京に来てからも部隊の規律は守られていた。その証拠でも見せるか。お粗末な紙だけれど、ほらこれ。陸軍善行證書って書いてある。俺は伍長だった。「陸軍在職中品行正勤勉励学術技芸ニ熟達ス因テ此證ヲ附ス／陸軍軍医大佐渡部五郎／昭和二十年十二月十日」とある。終戦後、四か月目だった。俺の宝物だ。

56

ビンタ来るなと思う時、歯をぐっと噛むと痛さ感じなくなる。何でも訓練よ。

大正9年3月31日生まれ
小島《こじま》 長五郎《ちょうごろう》
（長蔵　長五郎）

私、徴兵検査は第一乙種だよ。今でもピンピン元気な私をどうして乙種にしたのか、検査官は私のどこを見て決めたのだろう。まぁ、乙種は軍隊へ行くことがなかったから一応喜んでいたが、甲種へ編入されて八戸の第六航空教育隊へ入隊となった。★白布《しらぶ》温泉に泊まり、軍人勅諭や戦陣訓などを大声出して暗記した。滝のあるところでよ。

入隊後は演習とビンタだ。君、ビンタって知っているかい？　ほっぺを思い切り平手で打つのよ。初めは痛いが慣れてくると痛くなくなる。来るなと思う時、歯をぐっと噛むと痛さ感じなくなる。何でも訓練よ。

私ね、★甲種幹部候補生に採用され、水戸の航空通信学校へ入学。卒業後、初年兵教育をした。不動の姿勢、挙手の礼、早歩駆け足、捧げ銃などの基本的なことを教えた。私ね、航空隊だけれど、一度も飛行機に乗ったことがなかった。教育隊だったから。

昭和十八年に少尉になった。将校になると、管外居住といって兵舎の外に下宿できた。私ね、酒屋に下宿した。その頃は酒、味噌、醤油まで配給だった。その配給品の配給の手伝いをした。私の家は酒屋だったから配達はお手のもの。君、将校が休み日にぺこぺこ頭下げての配達だ。近所の話題になって、仲人の話を持ってくるおばさんがいた。

その後、本部付きの動員主任将校になった。

動員はよ、転属の仕事、今風に言えば転勤のことよ。部隊の中の人選だ。私の指先一つで前線へ行く人、外地へ行く人が決まるんだから気を遣った。それらの兵隊を駅に見送りに行った時はいつも、「身体に気ぃつけて行ってこい。帰ったら私のところ（米沢）に遊びに来い」と言ってやった。

部隊が盛岡に移ると、外地で戦死した御霊を遺族に渡す役目。ある時、三百柱の慰霊祭があって、会場から駅までバス輸送の途中、木炭バスが一台★エン故した。臨時軍用列車に間に合わせようと、部隊長の許しを得てトラックを使った。

数日後、東京の大本営から電報で出頭命令だ。何のことか恐る恐る行くと、「二、三日待て」とのこと。私はますます心配になった。三日目に、「遺族をトラックで運ぶとは不敬罪だ」という反戦代議士からの投書が原因だとわかった。私は軍用トラックを使った経緯を説明したら、適切な処置との判断で何事もなく盛岡へ帰れた。今考えればいい経験だった。

57

俺がいたのは爆心地から二キロの所だった。

大正9年4月1日生まれ　深瀬《ふかせ》　孝次《こうじ》

　昭和十六年一月、東京の東部七十八部隊高射砲連隊に入隊した。それから二回ほど輸送船で南方へ行った。

　一回目は石炭を積んでニューギニアへ行った。その時、B－29から空爆された。煙突の胴腹に爆弾が落ちたが、不発で助かった。敵から攻撃されたのはそれ一度だけだった。

　二回目はシンガポールへ。帰りは毎日、「魚雷だ」と言われて船上へ、「敵機だ」と言われて船底へ。どっちみち、当たれば船と一緒に海の中へ沈むんだが……。

　その後、広島の歩兵教導隊へ転属になった。海上で爆雷や電波兵器の実験をした。実験中に魚を獲ったり、テキパキと行動しないのでごしゃがれた（叱られた）が、俺たちは古参★兵だからあまり気にもせず毎日を過ごした。

　これから話すことは今も時々思い出す。

　あの日、八月六日、朝早く警戒警報が発令され、朝飯が三十分遅れたが、それで助かった。その日は広島市の中心部へ道路拡張工事に行く予定が、電車が途中で故障してノロノロ運転。宇品橋停留所に停まったとたんにぴゃーと電車が光った。俺は電車が燃えたと思い、とっさに降りた。あとはどうなったかわからない。

　気がついたら停留所の柱の下敷きになっていた。空を見たら黒い入道雲がモクモクと空に広がっていた。俺がいたのは爆心地から二キロの所だった。どんな音聞いたかって、どんな風吹いたかって、そんなことは覚えていない。何が何だか、さっぱりわからなかった。戦友十五人で一刻も早く部隊へ帰ろうと走った。一里（四キロ）はあったなぁ。街の中を走っていると瓦の下で子供が泣いていた。みんなで瓦を取り除くと、その子供はピンピンしていて、どんどん走っていった。

あの日は暑かった。日陰には火傷した人たちがいっぱいいて、俺たちを見ると「兵隊さん、水をください、飲ませてください」と近寄ってきた。初めのうちは水筒の水を飲ませたがその水もなくなった。

あの時の気持ち、どうだったと聞かれてもなぁ。何も考えられなかった。ただ夢中で、部隊に帰ることだけで精一杯だった。

野戦病院は被爆者で満員。俺は部隊長の娘の当番兵をした。病院内ではどんどん死んでいく。一時間ごとに死体を山の上へ運んで火葬した。

戦後、戦友からの連絡で、三十五年も過ぎてから「被爆者健康手帳」の交付を受けた。山形県内で百三十七人目だった。今も半年に一回検診している。

58

中隊長が「この戦は負け戦だ。こんなところで死んではダメだ」と言った。

大正9年4月10日生まれ　倉田《くらた》宇佐治《うさじ》

甲種合格した同級生が戦死して村葬があり、俺も出席した。「兵隊に行けば死ななければならないんだなぁ」なんて、その時、思った。そのうち、俺にも赤紙来た。二十三歳だった。俺は身の丈が低く近眼で丙種だったが、小学校の時に郡賞もらうくらい頭少しは良かったので、何かに役立つだろうと思った。新兵は毎日がビンタだ。ビンタ来るなあと思う時、メガネを外すように気ぃ付けていたが、それより早くビンタ来て、メガネが飛んで壊れた。心配だったのでメガネ三つ持って入隊したが、結局、三つとも使えなくなって、その後はメガネ無しで過ごした。

俺、輜重兵《しちょうへい》★。兵隊が使う物を馬で運ぶのが仕事よ。横浜や東京で電池の部品作りしていたから、馬なんて初めて見た。初めて触った。

俺の馬は満州馬で日本の馬よりひと回り小さくてよ、白と茶のまだら色だった。おとなしい、やさしい馬でな、めんごかった（かわいかった）。

その馬で、初めのうちは中隊長★の荷物運びよ。大きな旅行カバン。その中には重要な書類が入ってると言われた。中隊長は白鷹★出身で戦後、県議になった紺野六郎兵衛中尉。立派な職業軍人でな。俺たちに「誰にも言うなよ。この戦は負け戦だ。こんなところで死んではダメだ。丈夫で家に帰れよ」と言った。あれは本当のことだった。

その中隊長に俺、頭割れるほど軍刀で殴られたことあった。それは「昼は米国の飛行機からの爆撃で、毎日夜だけの行軍だ。それに食う物は村からの調達だ。こんなことでは日本は負ける」と仲間に話したことあった。それが中隊長の耳に入った。みんな集まった時、壇の上にあげられて、中隊長が軍刀で頭のテッペンを打ったのよ。俺、ひっくりかえった。コブ、何日もとれなかった。痛かった。

輜重兵は、勝っている時は食料や兵器を運ぶが、負け戦になるとまず負傷兵、次に死体を馬で運ぶ。死体は土葬した。五寸角ほどの木柱に「故陸軍二等兵○○君」なんて書いた墓標を立てる。それも俺たちの仕事だった。

終戦を知ったのは八月二十日頃だった。重慶の近くにいた。負けて初めてアメリカ兵を見た。広場に集められ、着ているもの全部脱がされて立っていると、噴霧器で頭から全身に白い粉振りかけられた。全身真っ白になった。ＤＤＴよ。シラミ退治だった。日本でのシラミ退治は、大きな釜に湯を沸かしてその中へ着ているものを入れていた。ＤＤＴのおかげで、次の年の六月に日本へ帰ってくるまで、シラミは身体につかなかった。

59

戦争ってむごいもんだよ、殺すか殺されるかだ。民間人でもだ。

大正9年5月23日生まれ　竹田《たけだ》　孫蔵《まごぞう》

この頃、兵隊の話をする友達もいなくなった。戦争に行った人とだら話進むんだが、忘れてしまったことも多くある。一兵卒の話なんて面白くないと思うんだが、思い出しながら話してみるか。

俺は赤紙が二回来た。一回目は★教育召集。二回目は昭和十八年の召集、山形の弾部隊だった。中支の長沙、武昌などで戦った。昼は米軍の飛行機にやられるから、いつも夜の行軍だった。栄養失調で顔が薄黒くなって、腹ばかり太った幽霊みたいだった。後方から食料が送られてこず、現地調達となった。民家からかっぱらって食いつないだ。ビータン（★ピータン）と言って泥の中で卵を塩漬けした物、あれはうまかった。初めのうちは誰も食わなかったのよ、色が黒いもんだから……。

日本兵が進駐すると部落民は逃げて老人や病人だけ残っていた。ブルブル震えていた。その部屋の中から食える物を持って来て食っていた。戦争ってむごいもんだよ、殺すか殺されるかだ。民間人でもだ。

敵との銃撃戦もした。向こうはプロ、何年も戦っているから身軽だし、地形を知っている。それに人数も多い。俺たちは初めての戦いだからなぁ。だんだん敵の戦術を覚えて戦死者も少なくなった。敵はチェコ製の機関銃が主な武器。俺たち歩兵は★三八式よ。勝っているもんだか負けているもんだかわからなかった。

夜、戦闘中、経験豊富な上等兵が近くでしどろもどろしている兵に気合を入れた。朝になったら、相手が少尉だったりしてよ。戦闘は経験がものをいう世界だった。

中隊長の当番兵が戦死したので、俺が当番兵になった。当番兵の仕事はよ、女房役よ。朝起きてから夜寝るまで側にいて何から何まで世話をする。座骨神経痛の時など便所まで付いていった。今風に言えば、二十四時間ヘルパーよ。いつも気張っていたったなぁ。日本へ帰って来る船の中で「大変お世話になった」と、将校用のズボンをもらった。

終戦になってから半年ほど武昌近くの民家へ泊まって農業の手伝いなどしていた。その時の支那人は立派だった。軍服着て銃持ってる俺たちを大切にしてくれた。あそこは雪が降らないから、麦畑や菜種畑の仕事や、サトウキビを船まで運ぶ仕事をした。支那人は天秤で運ぶが俺たちは背負って運ぶ、遠くから見てもすぐわかった。

上海に着いて初めて武装解除され、敵だった米国の船で帰って来た。二十一年の田植えの頃だった。

60

軍隊は運隊だとよく言うがあれ本当だ。運の良かった俺は生きて帰れた。

大正9年7月15日生まれ　黒沢《くろさわ》　正三《しょうぞう》

なんで負けたんだい、どうして負けたんだい、という調子だった。ほだごで、毎日進撃中だったし、戦闘はいつも俺だ日本軍が勝っていたからなぁ。

俺は昭和十五年十二月、盛岡の旅館で兵隊の服や鉄砲を支給され、予防注射してすぐ大陸に渡った。お正月には上陸していた。

山西省の柳林鎮。そこに千人くらいの日本兵がいたのよ。所々に分哨★といって七人ほど駐屯していた。敵地の中にぽつりぽつりといたのよ。治安地区、準治安地区、敵地と区分して、治安地区では住民を大切にしていた。そこの村長には毎日村内のこと、敵（国民軍と共産軍）の動きを報告させていた。鉄道の沿線や街は日本軍の領域。その外側で国民軍と共産軍が対立していて、時々、戦う。どちらが勝ったのか負けたのか、朝起きて見ると両軍がいなくなっていた。日本軍がちょこちょこと鉄道の沿線で鉄道を守っているという感じだ。

その頃、山西省の中には日本軍のほかに蔣介石の国民軍、毛沢東の八路軍、それに山西省の軍隊がごちゃごちゃ混ざってお互いに戦っていた。みんなが敵だ。友軍★だと思って近づいてみると敵だったり、敵だと思って弾をぶつと友軍だったり……。敵は百団攻撃とかいって、二万人ほどの兵が日本軍陣地を集中的に攻撃する。たまったもんでない。また、反対に敵兵二万人を囲んだ時があった。それが同じ方向に一斉に逃げた。その跡、畑の中、幅広い道になっていた。すごいもんだった。

俺、昭和十九年三月、ビルマ行きの命令出て上海で船を待ったが、米軍の潜水艦が近くにいて行けず、杭州の学校の助手に送り込まれた。そこの新兵とともに国民軍と戦った。ある時、山の上で友軍と国民軍が戦ったが、映画そっくりだった。それが八月十三日だった。数日後、敵軍から使者が来て、「戦争は十五日で終わった。日本軍は早く帰ってくれ。後方から共産軍が来ていて戦わなければならないから」と言う。とても信用できなかった。夜になって船で川を下って逃げ、二日で杭州に着いた。街の中では大勢の人々が「蔣介石バンザイ」と叫んで提灯行列をしていた。初めて日本は負けたと思った。国民軍の捕虜になった時、国民軍のお粗末な服や持ち物を見て、なんでこんな兵隊に負けたのか今も不思議だ。

軍隊は運隊だとよく言うがあれ本当だ。運の悪い人は死んだ。良かった俺は生きて帰れた。

61

負け戦の時の衛生兵は大変よ。自分だけ逃げるわけにはいかないから……。

大正9年7月16日生まれ　黒田《くろだ》　重夫《しげお》

俺よ、陸軍病院付衛生兵だった。白衣着て若い看護婦と一緒に病院内を行ったり来たりしていた。病兵や他の兵隊からうらやまれてよ。「衛生兵が兵隊ならば蝶やトンボも鳥のうち」なんて馬鹿にされたもんだ。

俺は昭和十六年、現役で大阪集合。すぐに満州の綏陽《すいよう》第八師団の歩兵第五連隊へ入隊。三か月の新兵教育後、衛生学校で六か月の教育を受けて、綏陽病院で働くことになった。その頃だなあ、関東軍特別演習があって兵隊が毎日どんどん集まってきてよ。あんなに人の集まったこと、見たことなかった。

病院内での俺の仕事は病理研究班だった。毎日患者の尿や便や血の検査よ。試薬を使ったり顕微鏡で細菌の有無を調べたりしていた。入院患者の六割は肋膜炎《ろくまくえん》★だった。重患は内地へ移した。内地から来て大陸の風土に適合できなくて病気になる兵隊が多かった。そのほかに伝染病の腸チフス、風土病の一種リンゴ熱。この病気はよ、治療法がまだわからなかった。身体全体に紫の斑点が出て八割は死んだ。時々、性病患者も入院していた。

十八年九月に牡丹江陸軍病院へ転属。常時千人の入院患者がいたほど大きな病院よ。ソ連が参戦するまでは戦争なんてどこ吹く風だった。外地にいるって感じがしなかった。

あの日（二十年八月九日）真夜中に非常呼集があって、ソ連軍侵攻のために患者を安全な場所へ移動せよの命令。千人の患者よ、てんやわんやの大騒ぎとなった。バスと汽車を使ってハルビンまで二日がかりで移したのよ。その後あの患者たちはどうなったのだろう。今も思い出すことがある。それでも伝染病患者ら二百人は残っていた。八月十二日には汽車は動かなくなるし、通信も通じなくなった。俺、命令で司令部と部隊の連絡係になった。命令受領係よ。初めて受け取った命令は「軍は現在地の北西十三キロ、ラコに転進せんとす……」。六十年も前の話だからスルスルと口から出ない。残っていた患者を担架で夜通し運んだ。負け戦の時の衛生兵は大変よ。自分だけ逃げるわけにはいかないから……。

　八月十二日から八月十七日まで毎日、ソ連の飛行機から機★銃掃射よ。その時、多くの兵隊が弾に当たって死んだ。

　八月十八日朝、司令部へ行って命令を受領した。命令は司令部から将校に、将校から命令受領係の俺たちに口頭で伝えられる。「天皇陛下の命により軍は停戦す。各部隊は敵の見やすいところで白旗を立てよ」。日本が負けたなんて信じられなかった。部隊へ帰って伝える時は全身が震えた。

62

弾が俺の肩から両方の肺を通って横っ腹から抜けた。俺の腹、見せっか。

大正9年7月20日生まれ
青野《あおの》　正明《まさあき》

今さら戦争の話聞きたいなんて、君も物好きだなぁ。俺六年も兵隊にいたからなんぼでも話せるが、年齢《とし》だからところどころ忘れて話が続かないところもあるが、それでよかったら話すよ。

俺、昭和十五年に山形の雪部隊に入隊、一か月もしないうちに支那の北部へ行った。初めは砲★兵だったが、その後、師団付衛生兵になった。そこでの三年間、大きな作戦もあったが実際の戦場には行ったことがなかった。そして十九年、今度はニューギニアのサルミへ行った。

君、ニューギニアは日本の何倍も広いんだよ。海岸線には黒人の現地人を時々見かけるくらいなものだった。少し内陸に入ればジャングルだ。サルミに上陸して一か月ほどすると、今度はアメちゃん（アメリカ）の攻撃で逃げ回ることになった。船から弾飛んでくるうちはどうにか逃げ回っていたが、アメちゃんが上陸して小銃でバラバラ弾を撃ってきた。その弾が俺の肩から両方の肺を通って横っ腹から抜けた。意識なくして気付いてみると、周りを見渡したら誰もいない。その後のことは俺、死んでも忘れられないよ。君、俺、七十六日も一人でジャングルをうろうろした。肩と腹の傷口は二、三日ほどで血が止まったが、肺から出る血は二十日ほど止まらなかった。君、肺の中、弾が貫通したら生きていられないと思うべぇ、生きているのウソだと思うべぇ。俺の腹、見せっか。俺の肩と腹見ないうちは、俺の話みんな信じないいんだよ。今、見せてもいいよ。

七十六日目、ジャングルでやっと日本人と会った。その後はお互いに集まったり離れたりしてジャングルの中を逃げ回った。人数が多いと多くの食う物を探さなければならない。一人か二人だと、バナナかパパイヤを見つけたら、そこに何日もいて食えるからよ。

百二十人の中隊で、アメちゃんの爆撃で死んだのは少数。大部分はマラリア★で死んだ。日本へ帰ったのは九人だけ。毎日、ジャングルの中、食い物を探して歩く。見つからないと何日も何も食わないで歩いた。マラリアにかかって、高い熱が出てとても歩けないと言う者が出ると、「後からゆっくり来ぇ」とか言って前へ進んだ。その兵隊はどうなったかわからない。ジャングルの中では、毎日のように死体に出会った。どうすることもできないのよ。バナナやパパイヤが多く生えている所に自然と集まり、実があるうちは食っては寝、食っては寝して、なくなるとまたジャングルの中を歩き回る。それを三年続けていた。ボロボロの服着てよぅ。

63

白い飯を腹いっぱい食えれば、死んでもよいとはいつも思っていた。

大正9年8月24日生まれ　我妻《わがつま》　長作《ちょうさく》

現役で入隊、満州では衛生兵だった。弾の下、くぐったことはない。終戦になってソビエトを貨車で横断。一か月ほどしてバイカル湖近くドリビアンという原生林の中の囚人収容所跡に着いた。それから三年、伐採の仕事をしながら、捕虜生活を送った。骨と皮ばかりの栄養失調になっているところに伝染病が発生した。★発疹チフスと赤痢の合併症で一割ほど死んだ。その後は伐採中の事故などで死んだ人はいたが、少なくてすんだ。

朝と昼は黒パン二百グラムと、サケやニシンの塩漬けが四人で一匹くらいだった。夜は★コーリャン、トウモロコシ、大豆などのおかゆだった。ソ連の監督も昼食はイモ六個だった。

ソ連は一般人も含めて仕事は全部ノルマだ。ノルマ表があって作業ごとにこと細かく点数が決められている。ノルマを百パーセント達成しないと食料が少なくなる。現場監督の将校と何回も交渉するが、将校は「ノルマを達成しないから」と言い、俺たちは「食う物が少ないから働けない」と言ったが、だめだった。そこで俺、将校のあんまなどサービスして、それまではグループ全体、三人十五組が百パーセント達成できないとだめなところを細分化して、三人一組ごとに変えてもらった。丈夫な者の班を作ってノルマを達成、すると現金の支給があり、それで食う物を買って中隊みんなで食うようになって、だんだん体力も出てグループ全体が達成できるようになっていった。

　仕事が点数制だから、毎日の仕事の作業量を女の補助監督が計算する。それが大変だった。計算の仕方がのろい。小学生並みだった。ソ連の計算方法は、十玉あるそろばんを使う。例えば六の場合、玉を一個ずつ六回動かす。日本のそろばんの場合、二個動かすだけですむのに。それに掛け算ができないから、毎日夜中まで続く。俺たちのそろばんで計算すると簡単に終わるんだが、彼らは玉が五個しかないそろばんで、何で十まで計算できるか理解できないから、君たちはごまかしていると言う。でも、監督の計算と俺たちの計算が合うことがわかってからは、俺たちに計算をまかせるようになった。それからは時々点数をごまかして、達成率を上げて働くのも楽になった。うふふ……。

　俺たちのところにいたソ連の将校も掛け算ができなかった、朝の人数点呼、一から順に一人ずつ数える途中でわからなくなると、また初めから数え直す。それを何回か繰り返してやっと終わる。

　捕虜の期間中は先の見えない毎日だった。白い飯を腹いっぱい食えれば、死んでもよいとはいつも思っていた。

64

カムチャッカ半島で二年間捕虜生活。軍隊の時より捕虜の時の方が「楽」だった。

大正9年9月1日生まれ　酒井《さかい》　新栄《しんえい》

俺、軍隊で四年、捕虜三年で七年も兵隊にいた。旧・玉庭村では七年以上の兵隊は七人しかいなかった。戦争中はカムチャッカ半島の近くの占守島に二年間、アリューシャン列島のキスカ島に六か月ほどいた。毎日のように米軍の爆撃機が上空に来て爆弾を投下した。俺の近くには落ちたことなかったが、落ちた跡は家一軒が入るほどの穴が空いていた。

百姓出身七、八人で原野に畑を作ってイモ、大根、白菜などを作った。その他に工兵隊だったから、道路や蛸壷★を作ったりしていた。そのうちに双発の小型機が飛んで来るようになり、トタン屋根に豆でもまいたようにバラバラと弾が飛んで来たが、不思議と俺には当たらなかった。食い物には不自由しなかった。川にマスがいて原っぱに山にしておくほど獲れた。

終戦とわかったのは、八月十五日の午後三時頃だなあ。中隊長が「終戦になったぁ」と言って走って来た覚えがある。その夜はめずらしく酒や菓子、タバコが配布され、夜みんなで酒を飲んでいるとドガンドガンという音したが、あまり気にもせず寝た。朝起きたら「戦争が始まった」と言う。鉄砲を持って丘へ登ると、今度はソ連兵が戦車とともにこっちの方へ上陸してきた。その時、初めて敵に向かって鉄砲をぶった。遠くて当たるもんでねえ。三日ほどにらみ合っているうちに命令があり、武器など持ち物を全部一か所に集められた。こりゃ捕虜になったなあと思った。それからカムチャッカ半島に連れて行かれ、それから二年間捕虜生活を送った。冬はソ連兵やソ連民間人の燃料用の薪伐りをした。シラカバの木だった。

春になるとソ連兵用の家作りをした。俺たちは工兵隊だから、中隊の中には大工や鍛冶屋などがいて、自動車の部品で大工道具を作って使った。一日のノルマがあって、俺だ中隊はゆっくり働いても四倍も五倍も働けた。その働きに応じて食料が配布になるから、食うには困らなかった。夕方早く仕事が終わるから、ドラム缶風呂に入ったり、洗濯したりした。軍隊の時はシラミで困ったが、捕虜になってからはシラミもつかなくなった。今思うと、軍隊より捕虜の時の方が「楽」だったなぁ。

ある日、日本へ帰ると言われて樺太《からふと》まで来たが、冬になって船の運航がダメ。そこでまたひと冬、今度は用材用の松の木の伐採の仕事をした。次の年の夏の終わり頃、やっと船に乗った。うれしかった。今度は本当に日本に帰れるんだと思った。

65

俺の乗った軍艦は四回沈んだが、俺は生き残った。

大正9年10月1日生まれ　勝見《かつみ》　調一《ちょういち》

俺は兵隊でメシ食っていくつもりだった。外地は五十五円、内地は二十円くらいだった。下士官になるとな、艦上勤務長くてよ、昭和十八年には勲七等端宝章をもらった。海軍のバリバリの水兵だった。俺は現役で舞鶴の海兵団へ入団した。子供の頃は犬川で泳いで遊んでいたから心配ない、と思って行ったら、大部分の水兵は海辺の出身。あれには負けた。俺は兵隊に行くまで海を見たことなかった。初めのうちは心配になった。

★軽巡洋艦「長良」の水兵となった。★支那事変の頃は香港にいた。蒋介石軍の基地でよ、砂糖、バナナ、パイナップル、小麦粉、米などを★徴発して日本陸軍へ運んだりしていた。艦内は天国みたいだった。食う物はなんでもあった。それに日曜日になると水泳大会、柔道や相撲大会などが毎週あった。演芸大会もあって歌の上手な水兵は早く進級できた。みんな頑張ってよ、楽しかった。一応戦時だから上陸することは出来なかった。海軍は夜も航行する。そしたら夜食も出た。うどん、ぜんざい、小豆、かぼちゃなど、家で食っている物よりは毎日上等の物を食っていた。

それが大戦が始まって、今度は毎日のように飛行機にやられ、潜水艦にもやられた。★ソロモン海戦にも参戦した。ある日の朝早く、潜水艦からの攻撃で沈んだ。俺たちは海へ飛び込んだ。六尺ほどのデッキの板に二十人ほどつかまっていたが、次の日の朝には五人になっていた。そして昼頃、助けられた。俺は運悪くというか運が良かったのか、その後三回、俺の乗った軍艦はみんな沈んだが、俺は生き残った。

俺は水兵だから海に入っても生きられた。その頃の陸軍はがっちりした軍靴にゲートル付けて軍服も着ているから、海では泳げない。まず、みんな死んだと思うよ。

終戦近くなって俺は艦内の指令室に勤務した。その時、日本の軍艦の一覧表を見たら大部分に赤線が引かれていた。あれ見て、これからどうなるんだろうと心配したが、その時でも日本が負けると思わなかった。

終戦の時は、フィリッピンの小さな島にいた。アメリカ軍の捕虜になってマニラから三か月ほどかかって日本へ帰って来た。

総理が靖国神社へ参拝するのは当たり前のこと。反対している人たちにも大戦で戦死した肉親がいたと思うよ。そのことをどう思っているのだろう。戦死者をお粗末にして何が平和だ。

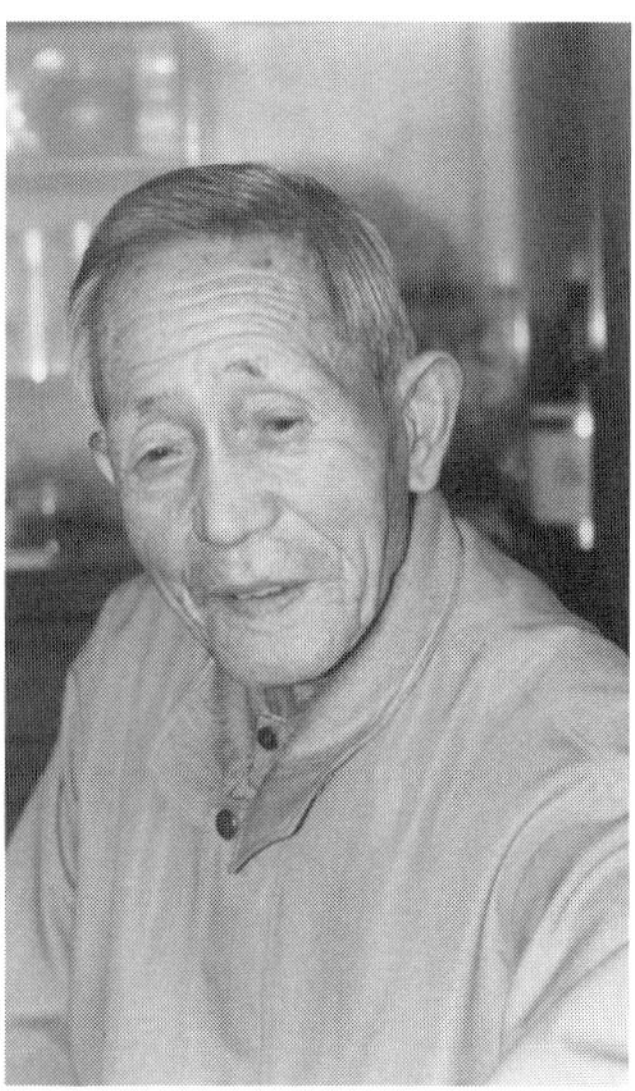

66

校長と女の先生が天皇陛下の写真を焼いているのを見て、敗戦を実感した。

大正9年12月6日生まれ　冨樫《とがし》　良吉《りょうきち》

私は日本国天皇陛下の兵隊でなく、満州国の溥儀《ふぎ》皇帝軍の軍医だった。兄が満州にいた関係で、満州ハルピンの陸軍軍医学校へ入学した。八期生で日本人十人と満人三十人ほどの一学級の医者の学校よ。四年間勉強の後、卒業。満州国第三飛行隊の軍医として昭和十九年十一月に★入隊した。満州国の軍隊と言っても中身は関東軍の傀儡《かいらい》軍隊よ。

四年間の学校生活の思い出は、食事のことだ。当時の満人の食事と同じだった。朝は★コーリャンのおかゆに豆腐の油煮、それに少しの漬物。三食ともコーリャンが主食だった。それがイヤで学校を退学する日本人もいたほどだ。私はコーリャンを食っていたために、ソ連での捕虜生活も生き延びられたと思う。

関東軍は「満州は独立国だから軍隊が必要だ」と言って満州軍をつくったが、形だけ、名前だけよ。上官は全部日本人が占めていた。

敗戦の頃は朝鮮の新義州飛行場にいた。八月十五日の朝、起きたらどこの民家にも朝鮮の旗が掲げられていたのよ。初めて見る旗。「なんでだろう」と不思議に思った。昼のラジオは雑音で聞き取れず、夕方に無線が入って敗戦とわかった。私は、負けて終戦になったのだから、いつも敗戦だと言っている。宿舎の二階から★奉安庫の前で校長と女の先生が天皇陛下の写真を焼いているのを見て、敗戦を実感した。

部隊は解散。日本人だけ宿舎でブラブラしている時、朝鮮人の将校がお別れにと餅を持って訪ねて来た。あれはうれしかった。その時、日本の朝鮮侵略の歴史や東洋拓殖銀行による土地の収奪、それにつづく満州、シベリアへの流民などの話を彼がした。私は初めて聞く話ばかり。不思議な一刻だったなぁ。

その後、飛行場の飛行機全部が★奉天へ飛んだ。私の乗った飛行機、ガソリン漏れで片肺飛行した。三百キロは飛んだ。右エンジンから白い霧を帯状に吹き流して飛び続けた。いつ落ちるかと心配で心配で、頭の中が真っ白になった。

それからしばらく満鉄の官舎で日本人家族の用心棒をしながらの居候をしていた。

九月の初め、早朝に保安隊が来て「清掃作業を手伝ってくれ」と言って、官舎の男全員がトラックへ乗せられた。行った先がなんと奉天陸軍監獄よ。綿入れの満服、草履ばき、手ぬぐい一本の格好で捕虜になった。四千五百人ほどが第二一四労働大隊としてソ連へ送られ、三年三か月の間、収容所で死と隣り合わせの毎日を過ごした。

67

特攻隊員たちはブルブル震えて何も話すこともなく飛んで行った。

大正10年3月3日生まれ　竹田《たけだ》　光郎《みつろう》

親父が小松★で「北陽写真館」をしていたが、その後、大阪や京都を転々と移った。兵隊検査の時は横須賀にいたった。赤湯★の御殿守での検査、少し背が低かったので乙種合格だった。

横須賀で紀元二千六百年の記念式典を見て、ものすごく感激したのはいい思い出だ。紀元てわかる？　日本は神・天皇の国、初めての天皇の時から数えて二千六百年になったということよ。それから真珠湾攻撃の時、下宿でラジオを聞いた。いよいよ戦争だなぁと思った。

昭和十七年の三月に青森の八戸飛行隊へ入った。俺はパイロットでなく通信隊だった。水戸で六か月、松阪市で八か月教育隊にいて毎日通信関係の勉強をした。俺は樺太と台湾へ行った。台湾で終戦だった。台湾へ上陸してからは、毎日B－29の爆撃や機銃掃射で苦しめられた。飛行場を管理する任務だったが、敵機がしょっちゅう来るから隠れている方が多かった。

ある時、昼食中に機銃掃射★があった。隠れたつもりで飯食ってたら、目の前の飯盒に弾当たったなよ。驚いたぁ。それから落下傘爆弾ってなぁ、ゆっくり落ちてきて、地面に落ちても爆発しないで、少しでも動かすと破裂する。それで二人死んだ。特攻隊知ってるべぇ？　飛行機に爆弾縛りつけて飛び立ち、敵艦に体当たりする。その隊員たちは出発近くなると顔真っ青になって、ブルブル震えて何も話すことなく飛んで行った。帰ってきた飛行機もあったが、下手に着地して爆死した人もいた。

終戦の日の朝、昼に玉音放送あるから集まれと言われた。その日は空爆はなかった。俺たちは天皇陛下のお言葉だから、もっと頑張れと言われるんでないかと思っていた。放送の時、俺、後ろの方にいたのでどんなことが放送されているかわからなかったが、前の方から日本負けたらしいとの話。がっかりする人、泣く人、喜んだ人などさまざまだった。

米兵の指示でよ、中国の国民軍に武器を渡した。その国民軍を見たとき、こんな兵隊に負けたのかと残念に思った。ぼろぼろの軍服、天秤に鍋や釜をつけて運んでいた。

それから日本へ帰るまで、自活と言われていろいろして食った。トラックで観光地巡りをして楽しんだこともあった。下士官連中は何かと理由をつけては出張して遊んでいた。今風のカラ出張だ。

俺、若い時苦労したから、兵隊はあまり大変だったとは思わなかったなぁ。

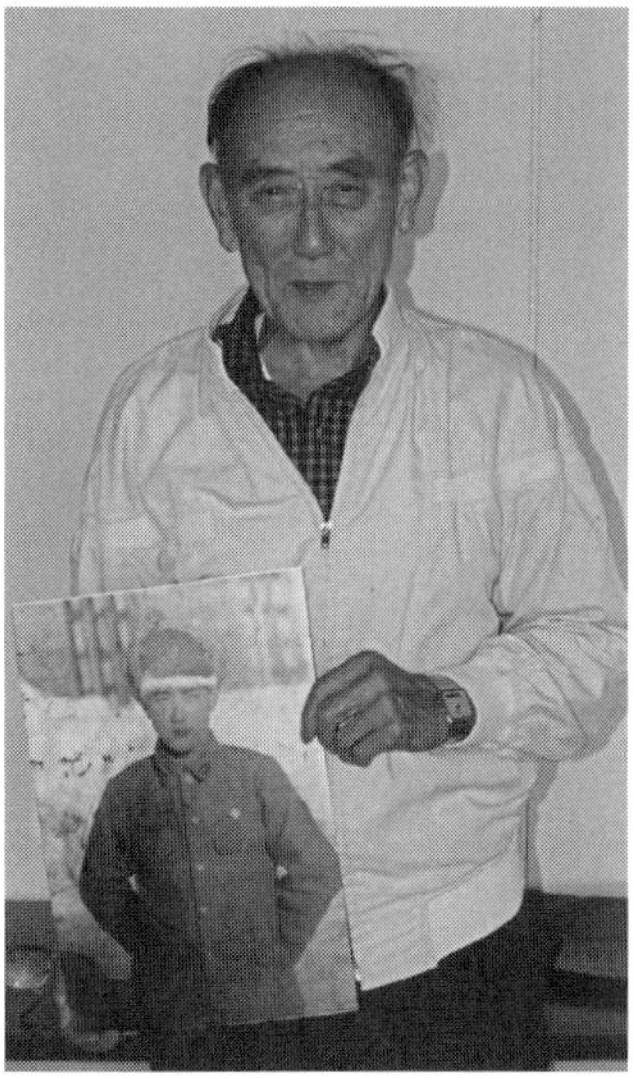

68

上官の食事を運んだ時、箸を忘れたら軍靴の底で飯が食えなくなるくらい殴られた。

大正10年3月7日生まれ　安部《あべ》　金蔵《きんぞう》

俺は現役で昭和十七年、盛岡の北部第二十一部隊佐藤隊へ入隊した。機械工作隊でよ、小さな二人乗りの戦車の運転手だった。昼は運転の練習、夜は授業とテストよ。戦車の部品名は兵隊用語で覚えるのに苦労した。

その年の夏に満州・牡丹江近くへ渡った。その頃は三年の兵役で帰れることになっていたので、昇級しないようにしていたが、それを上官に見抜かれて、二十年三月に群馬へ移るまで新兵教育の助手みたいなことをやらされた。初めのうちは現役兵が多かったが、後からは大学の助教授、勲章三つも持った者、★補充兵の中には女学生の子供のいる親父など、いろんな兵隊が入ってきた。

九州地方の人が多く、寒さに弱い者ばかり。凍死する兵隊が時々出た。それでも割合とのんびりしていた。主に、それらの新兵が凍傷にならないように気を配ってやっていた。そんなことがあったからか、今も、一年食えるほどのワカメ送ってくる人や、ハガキ送ってくる人もいる。みんな俺が新兵教育した人たちよ。

俺はあまり新兵を殴った覚えはないが、一度だけ鉄砲の管理の悪い奴を殴った。

俺、週番兵で上官の食事を運んだ時、箸を忘れたら軍靴の底で殴られた。あの時は三日ほど飯が食えなくなるくらい顔が腫れた。殴った上官の同僚が「君、顔どうした」なんて知っているくせに聞くのよ。殴られましたなんて言えないから「転びました」と答えると、俺を殴った上官が「気を付けるんだな」なんて笑いながら言うのよ。あれには参った。

群馬に来てからは、川に橋を架ける測量などをしていたが、毎日グラマンが飛んで来て★機銃掃射よ。そして明日何時何分に攻撃するなんて書いたビラを撒いて行く。次の日、その通りにグラマンが飛んで来る。だからその時間になるとみんな隠れたもんだ。

東京から焼け出された女たちが素足で着の身着のまま、子供を連れて、行くあてもなく通り過ぎて行った。その後どうなっただろうなぁ。

これ見て。部隊長の最後の訓示だ。「天皇陛下ノ命ニ依リ大東亜戦争ハ其ノ局ヲ結ヒ部隊ハ復員ヲ命セラル」から始まって「多年培養セシ軍人精神ヲ発揮シ以テ再建日本ノ礎石タルノ自覚ト責務トヲ堅持スルヲ要ス」「戦友ト連絡ヲ密ニシ相互扶助シテ新日本建設ニ邁進センコトヲ期スヘシ」。

部隊が解散する前に逃げ帰ったようなもんだったなぁ。

69

二千人を毎日海岸へ連れて行きダダダ……よ。砂浜に穴掘って埋めた。

大正10年3月7日生まれ　鷲尾《わしお》　誠司《せいじ》

戦争の話、一日や二日では終わらない。

俺は太平洋のど真ん中、ウエーキ島に三年いた。一万八千人の日本兵が、三年で生き残りは八百人だった。君はなんでそんなに死んだと思うべぇー？　今日は、その話だけしてみるか。

俺は海軍の特別陸戦隊でよ。昭和十七年、ウエーキ島に上陸した。アメリカ兵二千人と軍属二千人を捕虜にした。敵兵は横浜へ移したが軍属は使役した。アメリカの飛行場だったため、食料や兵器などは十年分くらい残っていた。それがB－29の爆撃と艦砲射撃で全部ダメになった。初めのうちは一日にB－29を七機も落とした事あったが、その後は高度を上げて飛んで来た。俺たちは逃げ回るだけよ。たちまち食料が不足になった。それからが大変だ。海に入って魚を獲ったが、みんなが食うほどは獲れない。だんだん栄養失調で死んでいった。毎日のように爆撃で飛行機が来ると、逃げる方が上手になって、弾で死ぬ人は少なかった。大部分は栄養失調で死んだんだ。朝起きると周りの兵隊が半分も死んでいたこともある。悲しみとかはなかった。死体を見ると、今度は俺の番かといつも感じたな。

君、栄養失調なんて言っても理解できないべぇ。俺、体重二十キロになった。そのくらいになると一人で歩けない。倒れればそれきりよ。周りに動くものがあると、それが人間でも腹がゴウーゴウーと鳴る。海に便するとシマダイ集まってくる。それを捕まえて食った。消化不良になると食ったものがそのまま便になって出てくる。それを洗って食ったこともある。朝起きると、おーまだ生きているねぇー。地獄絵図そっくりよ。

俺たちも食えない日が続くようになったので、アメリカ軍属の捕虜の分なんてない。二千人を毎日海岸へ連れて行きダダダ……よ。砂浜に穴掘って埋めた。

二十年、何月だったか忘れたが高砂丸という病院船が来て四百人ほど乗った。その時は三尺フンドシ一点だった。日本へ向かっている途中で敵艦に停止命令よ。船内を調べられたが病人だけだったので、その軍艦の指示で太平洋をウロウロして日本へ上陸。戸塚病院へ入院した。しかし、そこも空爆で危ないということで福島県飯坂温泉へ移された。そこで終戦になった。

俺たち病人を病院へ運んだ兵隊たちに「貴様たちのような人間がいるから日本は負けた」なんて言われてよ。俺たち三年間も最前線で戦ってきたのにと思うと悲しかったなあ。

70

毎日定時に米軍の攻撃。でも、なぜか真剣に攻撃しているように思えなかった。

大正10年5月25日生まれ　高橋《たかはし》　正《まさし》

私、心友会の事務局をしていて、昨日総会が終わったとこだ。心友会は恩給受給者の集まりよ。★赤湯の心友会は百人近くいるが男は三十四人になった。みんな年齢《とし》だからいつまで続くか心配だ。

兵隊の話ね。私は当時の小学校卒業と同時に印刷屋へ勤めた。ぐるりの友達が志願で兵隊に行くもんだから、私も行きたくなって志願した。十六歳だった。満州の東安省林口県林口の★関東軍独立守備隊歩兵二十三大隊（満三六七部隊）の乗馬歩兵への入隊となった。

私たちは警備が主な任務だ。満人や日本の開拓団を★匪賊から守ることや、ソ連の国境が近いから国境警備の役目もあった。満州には昭和十四年から十八年まで五年いて、三年目で★下士官になった。新兵の教育などやっていた。新兵に私の同級生がいたこともあった。まあ、平穏な毎日だったが、私が満州に行った頃、国境で★ノモンハン事件が起きていて、隊全体がピリピリしていた。

私は一回も匪賊討伐に出たことはなかったから、危ない思いはしていない。小人数の外出は禁止されていたから、いつも兵舎内にいることが多かった。

十八年十一月に移動が決まった。俺たちには行く先を知らせてくれないから、どこへ行くか心配だった。釜山から船に乗って初めて南方へ行くんだなあと思った。十九年正月に東カロリン群島のポナペ島（ポンペイ島）へ上陸した。上陸する時、現地人がバナナなど持って来て歓迎してくれた。その頃、ポナペ島は日本の委任統治領だったので、日本人が五千人くらいいたった。それからは毎日陣地作りよ。兵隊は上陸したものの食料の補給がないので終戦まで食うことには苦しんだ。なんでも食った。

上陸一か月ほどしたら毎日定時に米軍の攻撃が始まった。空からは爆弾を落とすやら機銃掃射する。海からは艦砲射撃だ。俺は逃げる方、専門よ。でもなぜか真剣に攻撃しているようには思えなかった。おどかし程度の攻め方だった。八千人ほど上陸して、戦死者は五十数人だった。

後から知ったことだが、ポナペ島は有名な遺跡だったのよ。日本国内の京都や歴史的な建造物には爆弾を落とさなかったのと同じよ。ナン・マドール遺跡といって、西暦千年から千六百年にかけてサウテロール王朝の都で政治・信仰の中心地だった。日本の鎌倉幕府から江戸幕府時代と同じ頃の遺跡よ。俺たちは関心もなかったが。その島で終戦。俺、兵隊は長いが一度も敵と面と向かい合って戦ったことなかった。

71

冬、訓練中は寒いから、お棺を壊して燃やし、温まったこともあった。

大正10年8月4日生まれ　松本《まつもと》　三郎《さぶろう》

もう、八十二（歳）だ。さっきのことも忘れるようになった。兵隊のこと、思い出せと言われても、六十年も前のことだから詳しいことは忘れた。

　俺は山形の三十二連隊へ入隊。それからソ連と満州の国境の神武屯に二年半ほどいた。そこには三千人ほどの兵隊がいた。ぐるりは山と原野だけだった。俺がいた司令部の兵器部は、兵器の管理・補給をする。軍隊は員数の世界、紛失すると大変だ。そこで俺たちのところへ、こそっと酒などを持って来る。賄《わい》賂《ろ》だなぁ。酒と交換に、帳簿をごまかした。

　敵とは戦ったことがない。現地の人ともわりと仲良かった。訓練のほか、何もすることがない。男ばかりだから、近くの谷でマムシを捕り、沼では一メートルもある雷魚を捕り、それらを食った。秋になるとノロ（鹿）を★巻狩りして捕える。ノロの肉はあまりうまくなかったので、豚の脂を入れてどうにか食った。食う話ばかりだが、野良犬も食った。大きな犬だった。オオカミもいた。夜走っているトラックを飛び越えたり、★歩哨に立っている時に吠える声を聞いたりした。野外訓練の最中、トラに出遭ったこともあった。みんなたまげてよう。

　冬はマイナス四十度にもなる。現地の人が死ぬと、土が凍って硬いから死体を野原に置く。すると野犬が来て食う。その隙を見て臼いカラス、俺《オラ》だはザンパガラスと言っていたが、何百羽も集まってきて、死体を骨ばかりにする。金持ちの家では、死ぬ前に船形の丈夫なお棺を用意し、死んだらそれに入れて原っぱに置く。冬、訓練中は寒いから、そのお棺を壊して燃やし、温まったこともあった。お棺は丈夫でなかなか壊せなかった。

司令部から少し離れた所に三十人ほどの慰安婦がいた。軍が管理しているから性病の心配はなかった。それでもアレ好きな人は、自分に配給された靴下などの物資を売り払って、個人経営の売春宿へ行く。「今日は十三歳の娘だった」とか、「今日の女はアレ上手だった」とか、部隊へ帰って話していた。性病にかかる、淋病だな。「部隊外では遊ぶな」と言われていたから、入院すれば罪人扱いされる。三等待遇だ。誰にも相手にされず淋しくなる、だから淋病と名がついた。

終戦の年、南方行きで博多に来た。夜、B－29が五十機で博多の街を一晩で全部焼いた。死体収容の時、腹に大金を抱いて死んだ人などみんな真っ黒だった。トラックで運んだが、どこへ運んだか俺にはわからなかった。

72

昭和十七年から二十九年まで。十二年間の俺はなんだったんだろう。

大正10年8月15日生まれ
加藤《かとう》　弘《ひろし》

俺よ、数年前から目が見えなくなってよ。友達に頼んで自分史作ったの。それに戦争のこと書いてある。差し上げるから読んでよ。何か思いつくまま話してみるか。

昭和十七年に支那の山西省へ行って終戦まで いた。物資調達といって、部落からいろいろ持ってくる。略奪よ。部落には犬が多くてな。犬吠えると部落民はみんな逃げて、誰もいない。どの家の箪笥《たんす》にも、日本、八路軍、国民軍、イギリス、オランダの国旗が必ずあった。その時その時に部落へ来る兵隊の旗を振って歓迎するなよ《の》。生きていく知恵だな。

時々、慰安婦の問題が新聞に出るでしょう。あれ、俺たちは女郎屋といってな、中隊からコンドーム渡されて女郎屋へ行く。軍が管理していた女達の病気の検査結果(性病の有無)も公表されていた。女郎屋は将校用、下士官用、兵隊用と区別されていた。朝鮮人、中国人、それに日本人もいた。慰安婦は軍とともに移動していた。

俺たちは終戦後の方が大変だったのよ。山西省は蔣介石配下の閻賜山《えんしゃくざん》の軍勢力下にあって、その軍と日本の北支那派遣軍第一軍首脳部との交渉で、一部の日本軍を残留させることになった。その中に俺入ったなよ。山西軍は農民をにわか兵隊に仕立て上げるのに俺たちを使った。将校の軍服を着せられて「王志義」という中国名で新兵教育をした。ところがなんぼ教えてもいざとなるとすぐ逃げていく。戦う気などさっぱりなかった。

　そのうちに★山西軍が★八路軍と戦うことになった。俺、その時、八路軍を見て驚いたなよ。日本軍に攻撃していた時は、昼は農民になりすまし、夜になるとゲリラ部隊になっていたが、山西軍と戦う時は若者が多く、しかも立派な制服を着てアメリカ製の武器を持ち、統一された組織になっていた。とても山西軍が勝てる見込みなどなく、降伏した。二十三年七月だった。

　それから二十九年の夏まで、八路軍のもとで捕虜生活となった。農家支援の綿花摘み、国営農場での稗《ヒエ》抜き作業、レンガ造りに用水路工事、炭鉱でも働いた。毎週、学習・生活態度について自己批判と相互批判の集会、社会発展の歴史や共産党の理念などの講義があった。

　解放されて、洞爺丸台風の日に舞鶴に着いた。米沢に帰って間もなく、新聞に筋金入りのアカが来るなんて書かれてよぅ。俺は国家のために兵隊にとられ、帰ってきたら今度は反政府人間扱いだ。十二年間の俺はなんだったんだろう。

73

俺の足に痛み感じてズボンまくってみると、機関銃の弾がポロリと落ちた。

大正10年9月19日生まれ　片倉《かたくら》　栄美《えいみ》

（いやぁ、いいところへ来てくれた。この頃、じいちゃん元気なくて困ってる。じいちゃんは戦争の話すると元気になり生き返るのよ。年齢《とし》なもんで物忘れはするし、口の動きも鈍くなった。若い頃は酒飲むと毎日のように俺さ戦争の話聞かせるのよ。今はじいちゃんより詳しく話せるくらいだ。じいちゃんの話聞いてやってくれ――妻談）

　俺、大工で酒飲みだった。飲むと南方の戦争の話になる。するとみんなに「海外旅行よかったべぇ」と言われてからかわれたもんだ。

　俺、昭和十七年召集、中国に派遣され、転々と移動して香港の九龍からニューギニア島のソロンに上陸。そこを基地にして、各島々へ★大発という上陸用舟艇で兵隊や物資の輸送をしていた。毎日、敵機の爆撃や★機銃掃射の弾の中での任務だった。ある時、海岸に多くの死体が漂着した。それを穴掘って埋めている時、俺の足に痛み感じてズボンまくってみると、機関銃の弾がポロリと落ちた。負傷してた。

　こんなこともあったなぁ。「敵機が来たので泳げる者は飛び込め」の命令。俺、少し泳げるから海へ飛び込んだが、引き潮だったのでだんだん沖へ流される。無我夢中で泳いだ。これで死ぬと思って足を伸ばすと、そこは胸ほどの深さ、助かったぁと思った。兵舎に戻ったらみんなに「おお、大滝（旧姓）生きている」と言われたのよ。大発は攻撃されず、全員無事だったのよ。笑い話みたいな話よなぁ。

ソロンへ上陸した頃から食う物は不足していた。現地人からバナナ、パイナップル、パパイヤ、サツマイモなんかをタバコと交換した。バナナはうまかったなぁ。魚を捕ったり、サツマイモを植えて、それが主食みたいなもんだった。俺、大工の腕買われて部隊長らの住む家を作ったりして、食うには困らなかった。

ある日、米機が低くゆっくり飛んできて、ぱあっと地面が白くなるほどビラが舞い降りた。「日本ト停戦シタカラ、シバラクソノママ、マタレヨ」と書いてあった。負けたなぁと思った。こりゃ捕虜、どっかへ連れて行かれるとみんなで話し合った。

陸の上では米兵との戦闘は一回もなかった。戦死者は船とともに海へ沈んだり、機銃掃射の弾や爆撃で死んだ。多くの戦友は栄養失調と★マラリアで死んだ。多くの死を目の前で見たせいか、若い頃は死は怖くなかったが、今は一日も長く生きたい。

74

アメリカ兵が両手を上げて近づいて来た。アメリカが負けて降参したと思った。

大正9年10月18日生まれ　山川《やまかわ》　幸一《こういち》

戦争の話なんて忘れたことが多い。それでも時々、夜に床へ入ると思い出すことがある。

俺は昭和十五年に満州とソ連の国境近くの黒河で警備していた。山をくりぬいた穴の中が本部だった。★黒竜江といって広い大きな川があって、向こう岸がソ連領。ソ連の兵隊が見えた。川には魚が多くいて満人がいつも船で魚採りしていた。雷魚よ、一メートルもあった。

川の中に島があって、そこに木を植えて満人の住んでいるような兵舎を作る。私たちの着ている衣装も満人のもの。ちょっと見ると満人が住んでいる様に見せかけて警備したこともあった。その頃は三年兵役だから満期除隊ができた。俺たちは明日除隊予定で、私物などまとめて寝た。すると夜中に非常呼集。週番士官から、君たちは★即日召集するとの命令だ。みんなヤケクソになってよ。その後いろいろなところに転属となり、台湾に向かったが、沖縄で船が魚雷に当たり、台湾へ行けず、宮古島の警備に変わった。

十九年十一月三日、★明治節の朝十時頃、空が白くなるほどのグラマンが飛んできた。爆弾は落とすやら★機銃掃射されるやらで逃げ回った。それから毎日定期的に終戦まで攻撃された。日本の飛行機はブルルンブルルンと飛んでくるが、アメリカの飛行機はキィーンという音がしたと思うと、パパパンと弾が飛んで来る。兵舎や建物に隠れるとそこに爆弾を落とす。中の人はみんな死ぬ。固まっていると飛行機は戻ってきてバラバラと弾を撃って行く。だんだん隠れ方も覚えて、なるべくバラバラになって隠れる。海に入って岩場へピタリと付いていた。それで俺は生きて帰れた。

終戦の時、あれは笑い話になるよ。三日ほど飛行機が飛んできても攻撃しなくなった。そのうちアメリカ兵が上陸してきた。みんな両手を上げて近づいてきた。俺たちはアメリカが負けて降参したと思った。その時、俺たちは腹がぺこぺこだったので、手真似で食う仕草をしたらパンなどが出た。アメリカ兵は、武器を集めて置けと手真似する。俺たちは食料と武器を交換するんだなぁと思っていたからニコニコとアメリカ兵の言う通りにした。次の日、隣りの島から日本の連絡兵が来て「日本は負けた」と言うのよ。驚いてよ。昨日のはアメリカ兵が負けて手を上げていたのではなく、君たちが負けたから降参して手を上げろという意味よ。武器集めたのは武装解除だったのよ。日本が勝ったと思っていたのが、負けていたのよ。不思議な一週間だった。

75

敵の戦車に対抗する練習を始めた。何のことはない、自爆の訓練だ。

大正11年1月18日生まれ　浦田《うらた》 仁太郎《にたろう》

俺は兵隊検査は甲種合格だった。盛岡へ入隊、敬礼の仕方や鉄砲の持ち方などの教育を一週間受け、支那の山西省へ渡った。八か月ほど現地教育よ。少し風吹くと土ぼこりが舞い上がってよ、先が見えないほどになる。鼻の中、口の中まで土ぼこりが入る。眼に入ると大変だった。山東省の済南には終戦までいた。時々、討伐に行った。行くたびに二、三人は戦死者が出た。ほだから今度は俺が死ぬ番かなんて言いながら出発したもんだ。

しばらくして、敵の戦車に対抗する練習を始めた。何のことはない、自爆の訓練だ。俺だは布団爆弾と言っていたが、座布団くらいの爆薬を背につけて、自分で掘った穴の中から戦車に突っ込む練習だ。戦車にぶつかって死ぬ方法よ。昨年、アメリカでビルに飛行機突っ込んだ。あれは簡単だ。敵から攻撃されないから自爆は必ず成功する。俺たちは敵に体当たりする前にやられることもある。その頃は、上官の命令は絶対だ。天皇陛下のため、国のために死ぬことは何とも思わなかった。怖いなんて思わなかった。国のために死ぬのは当たり前。

当時の俺《オラ》だの気持ち、君、わかんなえべぇ？

国防婦人会が竹槍でアメリカ兵と戦う練習しているところ、子供の時に見たことあんべぇ。今思えば馬鹿なことしてたもんだと思うべぇ。俺は練習だけですんだが、実際戦車に突っ込んで死んだ兵隊はいっぱいいたんだから。

終戦後、済南でアメリカ軍と蒋介石軍に頼まれて、★八路軍と戦った。今までは日本のため、天皇のために戦ったが、今度は今までの敵に頼まれて八路軍と戦ったなよ。

二十年の九月の初め、俺たち百二十人の中隊が大勢の八路軍に囲まれた。その時、俺、太ももに弾当たった。こっちから入ってこっちへ出ていったなよ。あの時、応援隊が来なかったら俺は死んでいた。応援隊が来てよ、ラッパ吹いたら敵は豆畑をどんどん逃げて行った。いたにもいたにも、あの敵では勝ち目はない。震え止まらなかった。十月頃まで八路軍と戦っていた。

その間も部隊ではいろいろな行事あってよ。ちょっと待って、めずらしいもの見せるから。（嫁に来てから何十回兵隊の話やんだほど聞かされた。酒入ると自慢げに俺に聞かせた——妻談）。この賞状見て。銃剣術大会で俺、優勝した時のものだ。二十年八月二十五日、これ、本当の日付だ。賞品は酒五升だった。兵隊の思い出はこれ一枚だけよ。

死を覚悟で国のために戦ったのに三か月不足で恩給だめ。三か月不足でよ。

76

日本兵が敵味方にわかれて戦ったりもした。不思議な時代だった。

大正11年1月20日生まれ　村山《むらやま》　俊介《しゅんすけ》

戦争の話なんて、負け戦だから思い出したくないなぁ。俺は甲種合格だった。乙種に合格した友達の親は、息子が兵隊に行くことないと喜んでいたもんだ。

昭和十八年、八戸の北部第七十九部隊教育部へ入隊。飛行場の警備の仕事よ。三か月後、汽車ポッポで広島宇品港へ。普通列車優先だったので、俺たち軍用列車は途中、時々停まったなぁ。その後、輸送船・阿波丸に乗り、三週間ほどでビルマのアチヤプ島（アキャップ島）へ。

そこの飛行場に丸二年いたが、英国のB－24の爆撃と、戦闘機による機銃掃射★の毎日。敵機が帰った後ぐるりを見ると、弾の跡が俺の周りにいっぱいあった。よくも当たらなかったもんだ。これで死ぬなぁとは何回も思った。隣にいた兵隊が弾に当たって死んでも、俺には当たらなかった。日本も高射砲などで敵機を撃ったが、当たったのは見たことがなかった。

だんだん食料も不足して、現地調達となった。現地の米は赤かった。すぐ消化して腹が空いた。そのほか、キュウリ、サツマイモのつるなども食った。海が近かったから魚も食った。そうしているうち、アチヤプ島から撤収することになり、飛行場の破壊が始まった。現地人も使って主に夜、飛行場壊しをした。

その後、カンボジアのコンポイトム（コンポントム）飛行場へ移った。その時、初めてB－29の攻撃を受けた。四か月ほどして終戦。イギリス軍の指示で武装解除され、捕虜になった。二か月ほどブラブラしていたなぁ。飯はうまかったなぁ。

日本が負けた後、すぐに連合軍（米・英・仏）とベトナム軍の戦争が始まった。俺たち捕虜は、今度はその戦争に巻き込まれた。司令部や小隊から三、四人が指名され、連合軍と一緒にベトナム軍と戦った。俺は連合軍の弾薬や物品の倉庫を警備する任務だった。

捕虜収容所にベトナム人が来て、「美しい若い女と結婚させる」「兵隊になれば三階級特進するから我々と一緒に戦わないか」と言って俺たちを誘いに来た。それに乗って、脱走してベトナム軍に入った者もいたった。俺たちに誘いに来たこともあり、連合軍側の日本兵とベトナム軍側の日本兵が、敵味方にわかれて戦ったりもした。不思議な時代だった。

連合軍側は「六か月、ベトナム軍と戦うと日本へ帰す」と言った。みんなその気になってベトナム軍と戦ったのよ。そして日本へ帰ってきたということよ。

77

特攻隊兵になった。遺書は何回も書いた。決まり文句があってよ。

大正11年1月29日生まれ　元木《もとき》　要吉《ようきち》

俺は一一九部隊だった。★輜重《しちょう》兵。自動車で輸送の仕事をする兵隊のことよ。満州のハルビンで二年の冬を越した。敵との戦いは一度もしなかった。満州の冬は寒くて大変だった。替え歌が流行ってな、

〽歓呼の声に騙されて／国防婦人会に追い出され／着いた所がハルビンに

なんてみんなで歌っていた。冬はエンジンが凍って動かなくなるので、一時間ごとに動かした。★デフの油も凍るから車台の下に炭火を置く。ある時、油が漏れてトラックが燃えたこともあった。

終戦の年、九州の宮崎に来た。今度は特攻隊兵になった。特攻隊、わかる？　二キロほどの爆弾を背負って敵の自動車や戦車にドガーンと突っ込んでいく兵隊のことだ。必ず死ぬごでぇ、「天皇陛下万歳」と言ってな。死ぬのは当たり前、何とも思わなかった。それを毎日、真面目に練習していた。

今考えてみれば馬鹿げたことしていたもんだと思う。おかしいことしていたもんだと思う。爆弾と一緒に戦車に突っ込むから「天皇陛下万歳」なんて言わないうちに死ぬ。爆発すれば、一瞬にして骨も肉もバラバラになる。その突っ込み方を俺は補充兵や新兵に教えていた。海へ突撃する時は、ベニヤ板で作ったボートを自分で漕いで敵艦に体当たりする。あっちだって死にたくなくて鉄砲撃つべか

ら、敵艦に当たる前に、死んだと思う。

遺書は何回も書いた。どんなこと書いたって？ 決まり文句があってよ。両親へは、「国のために死に行くから俺は帰れない。諦めてくれ」とだごで。

毎日、爆弾を背負って敵へ突っ込む練習してたあの時のこと、今も心の中から抜けない。それと宮崎の芸者、特攻隊へは夜のあれ、特にサービスよかった。ふふふ……。

春、千葉の横芝飛行場に来た。俺《オラ》だは特攻隊、米軍が上陸しないうちはすることがない。飛行場で働く国防婦人会をトラックで送り迎えしていた。飛行機用のガソリンを使った。スピードは出るが、すぐエンジンが熱くなった。

「君たちは特攻隊兵だから」と言われて一か月は練習もなく、毎日ブラブラしていた。休みに街へ行き、特攻隊のマーク見せると、どこへ行ってもサービスよかった。

八月にまた九州へ戻ったら戦争が終わった。俺たちは特攻隊、捕虜になれば死刑だ。どうせ殺されるなら飛行機で山にぶつかって死んだ方がいいなんて話していた。

「まず、早く家に帰れ」なんて言われ、四か月ほどの給料もらって家に帰ってきた。

78

兵隊の話なんて、えっぱいある。今考えると、よーく生きて帰れたと思う。

大正11年4月23日生まれ　平《たいら》　川次郎《せんじろう》

兵隊の話なんて言ったって、思い出されることはえっぱいある。目の前で弾に当たって死んでいく人を毎日のように見ていたことや、終戦になってから三か月ほど山や原野を逃げ回ったこと、その時、食う物のなかったことだなぁ。今考えるとよーく生きて帰れたと思う。

俺、カカァ（妻）と結婚一か月で兵隊になって満州へ行った。八月頃、夜中に練習終わって寝付いた頃に非常招集だ。また練習かと思ったら、今度は本当の戦争だという。兵舎を出発してからは、毎日生死の境にいた。日本へ帰るまで布団の上で寝たことなかった。

ソ連との戦闘中、部隊がてんでバラバラになって、そこらへんウロウロしているうちに五人になった。その五人で三か月間逃げ回ったのよ。終戦はソ連の飛行機からのビラでわかった。逃げ回っていた時は、何日も何も食う物がなかったこともあった。豚のいる小屋を見つけた時はうれしかった。その豚食ったごで。

そのうちにはぐれて一人になったり、橋の下の川の中で三日間も八路軍★が通り過ぎるのを待ったりもした。長白山脈を越えたあたりで日本語を話せる親切な朝鮮人に出会った。それで生きて帰れたのよ。その人に「民間人になれ」と言われて、朝鮮の服を着ていくつかの城壁のある村を通り過ぎて、どうにか吉林市にたどり着いた。大きな体育館が避難民の収容所。開拓団の家族や兵隊が大勢いた。丈夫な兵隊はソ連へ連れて行かれたが、俺はすき見て逃げたのよ。

　収容所には半年いたが、そこでの出来事だけでも何日も話せるほどいろいろあったなぁ。ある時、日本人会からのチラシに「夫婦者は帰れる」とあって、大勢の独り者はお互いに仮の夫婦になった。

　俺、★発疹チフスと疱瘡で隔離入院していた。そこの美人看護婦に話したら、「日本へ帰っても夫婦だらいい」と言う。俺、約束できないのでパーになった。

　そのうち東京出身の女から仮の夫婦になって日本へ帰りたいと頼まれた。そして帰ってきたまではよかったものの、その女、一年くらい後にここに来たなよ。秋だったなぁ。その時、今のカカァと結婚してなければよかったなぁと思った。ハハハ……。

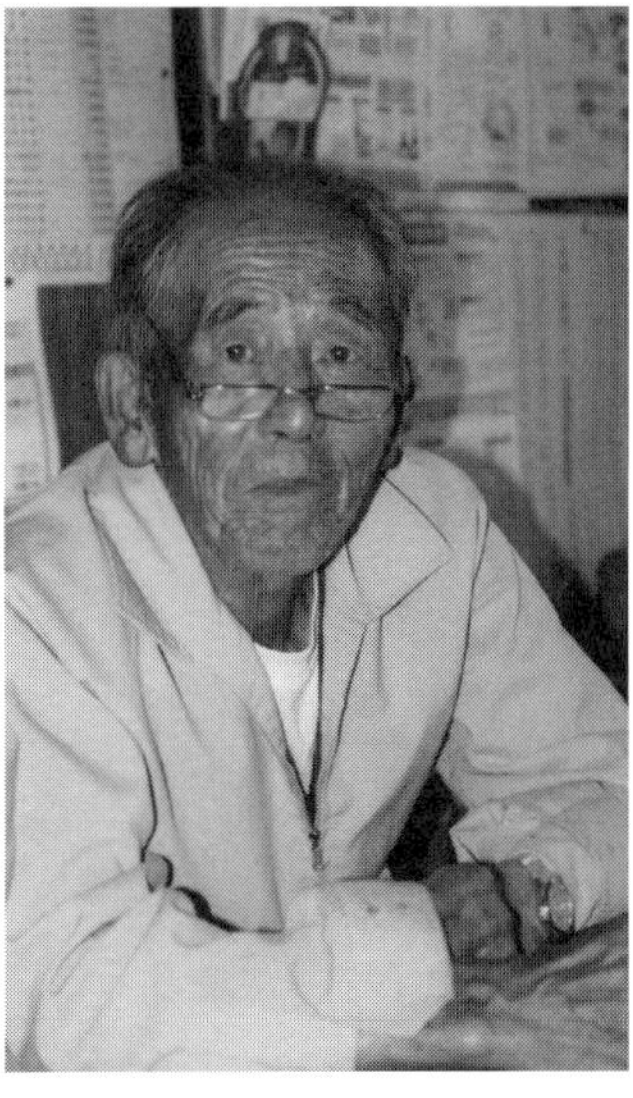

79

あの時、ボルネオに残れば生きては帰れなかった。

大正11年5月29日生まれ
伊藤《いとう》 豊《ゆたか》

昭和十七年、徴兵検査は甲種合格だった。そして入隊の通知書は海軍の主計兵★よ。入隊して経理学校で四か月間の教育後、舞鶴の防備隊へ配属となった。仕事は兵隊の給料計算とか兵隊の転入・転出などの書類作りだった。

次の年にニューギニアへ行くことになり商船に乗った。その時は司令官の連絡係で毎日無線を聞いていた。台湾の海上を航行中だったなぁ、山本五十六長官の戦死の無線が入った。それを聞いた司令官ががっかりしてなぁ。その後なんとかボルネオのサーバヤに着いた。そこでは民間より徴用した万洋丸で、ジャワのスラバヤなどあっちこっちの島へ燃料や弾薬等の軍事物資の輸送をしていた。

ボルネオは空爆も少なく、それに民間人とも仲良くて、生活は楽だった。それが昭和二十年三月に内地への転属になった。その時、俺は「ボルネオにいたい」と中隊長に言ったら、「君は本土へ行って任務すべきだ」なんて説得されて日本行きの軍艦に乗った。あの時、ボルネオに残れば生きては帰れなかった。俺の部隊は全員、船とともに海に沈んだなよ。内地へ戻るまで三か月かかった。途中、魚雷で攻撃されたこともあったが、どうにか舞鶴に着いた。舞鶴では司令官の秘書みたいなことをやっていた。夜、床に入って寝ようとすると空襲警報のサイレンだ。すぐ起きて司令官らが集まる場所へ走って行く。司令官が部下に連絡や指示したこと。何時何分に敵機がどの方角から来る。それに対しての指示命令。それらを俺が書く。次の朝、清書して上官へ渡す。でも、敵機が来ても何もできないから、ただ見ているだけよ。防空壕へ逃げ込むとか。

終戦の頃は九州の佐世保にいた。長崎に原爆が落ちた日、俺たちは海上警備中だった。昼頃だなぁ。B－29が四機、飛行機雲を出しながら飛んで来た。ドドーンと大きな音と同時に紫色の雲がモクモクと上空へ昇った。その時は島の陰にいたから光ったかどうかわからなかった。次の日、長崎港に行ったら軍港の鉄塔がぐしゃぐしゃに曲がっていた。

終戦の日は、やはり警備のため船で海上にいた。本部からの連絡で天皇の放送があるとのこと。ラジオがガアガアで何言っているかわからないが、通信係は「日本負けた」と言う。俺たちは「日本が負けるなんて何を言っているんだろう」なんて話していた。すると本部から「帰れ」の命令。兵舎に帰って司令官から「終戦になった」と言われた。あの時まで、日本が負けるとか負けそうだとか思ったことなかったから、いっぺんに力が抜けた。

80

兵隊検査、本当は身長を測る時、少し背伸びしたなよ。

大正11年6月15日生まれ
加藤《かとう》　亀吉《かめきち》

兵隊のことなんて話あまりないよ。俺、通信兵だから戦《いくさ》したこともない。その頃、一番楽なのはラッパ隊、二番目は通信兵と言われていた。それに俺、★古参兵にめんごがられていたもんだから、兵隊で大変だったことや危ない目に遭ったこと、一度もなかった。それに終戦の時は★山西軍の捕虜になったが、捕虜になっても待遇は良かったなよ。

俺、少し背が低かったもんだから、兵隊検査に行く時、親父に甲種などなれないべぇ、と言われた。それが甲種合格したなよ。あの時はうれしかったなぁ。鼻高々にして家に帰ってきたら親父も喜んでよう。酒一升買ってきて、親父と一緒に飲んだった。あの頃の若い衆にとって甲種合格は憧れだったからなぁ。兵隊検査の前は出稼ぎに行っていた。福島の炭鉱や飯場暮らしの土方などしていて、体だけは頑丈だったから甲種になったと思う。本当は身長を測る時、少し背伸びしたなよ。それでギリギリで甲種になったの。うふふ……。

昭和十七年、現役で中国北部へ行った。有線の通信兵だから、主に電話線を延ばしたり地下へ埋めたり、その線を回収するとかの訓練をした。競技会があって、五百メートルの電話線を延ばしてそれをまた巻き戻す時間を争った。俺は石塚君と一緒で、彼は延線係、俺は巻き戻し係だった。いつも優勝していた。

それが無線の方へ回された。あんどきは大変だった。モールスよ。ト、ト、ツーとかするの。その時、俺は受送信係だった。全部暗号文だから何を送っているのか、受けているのかわからなかった。受けた文を解読係へ渡す。解読係は暗号文を解読して上官へ渡す。

　俺、古参兵にめんごがられてよ。古参兵はよう、現役で入隊して一回除隊となる。その後、赤紙召集よ。それで入隊した兵隊で万年一等兵のことだ。それが偉くてよぅ。上官の言うことなど聞くもんでない。また、上官も古参兵に対しては何してもほっといていた。訓練だなんて言ったって、あっちでぶらりこっちでぶらり、さぼっていたもんだ。身の周りのことは全部新兵が「お願いします、私にやらせて下さい」と言って、生活全般にわたってやっていたもんだ。その古参兵に憎まれれば、これは大変だから、上官より大切にしていたもんだ。

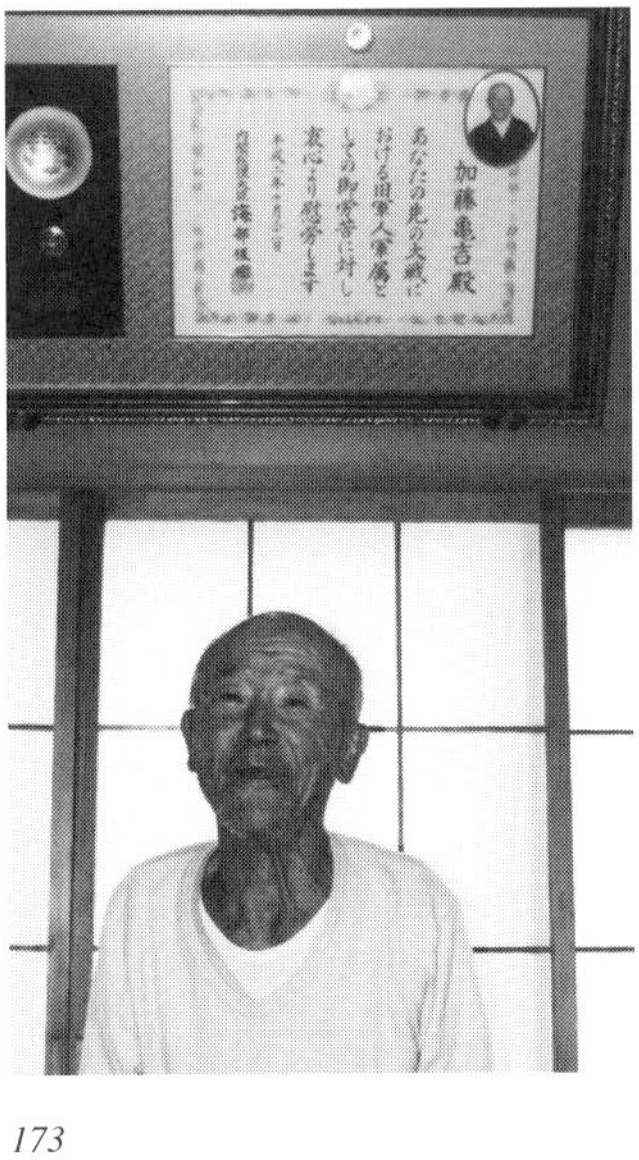

81

威張っていて働かないと、いつの間にか事故死する。本当は周りの者に殺されたのよ。

大正11年6月20日生まれ　船山《ふなやま》誠一《せいいち》

俺は兵隊検査甲種合格。昭和十七年に広島集合で満州の安城に行った。その時は結婚していた。俺は★山砲隊よ。大砲の砲弾は四人でないと持ち運びできないほど大きい。だから準備が大変だ。一日がかりで設置、やっと発射準備完了よ。「発射の瞬間、耳の鼓膜が破れるから大きく口を開けろ」と言われた。山砲は練習には使ったが、実戦で使う前に終戦になった。

捕虜になってハバロフスク近くの原野で三年間、鉄道建設工事をした。食う物がなく、毎日黒パン一切れと魚の匂いがするスープ一杯だった。少し弱ると軍医が来て尻の肉を触る。病気と診断されると、作業を休むことができた。

春になると、兎の食う青い草はなんでも食った、生でよ。俺は★中津川生まれだから見分けることができた。都会育ちの兵隊は青い草をなんでも食って、下痢して死んだ人もいた。秋になるといろんな木の実があった。それを食った。秋は一番食う物があった。捕虜生活が三年にもなるとだんだん食料も豊富になり、十分腹いっぱい食えるようになった。

捕虜中にはいろいろなことがあった。ノルマがあって、班ごとに達成する必要があった。達成しないと食料を減らされる。★将校や★下士官も平等扱いだから、威張っていて働かなかったりするといつの間にか事故死する。

表向きは事故死だが本当は周りの者に殺されたのよ。みんなそのこと知っているが誰も話さない。事故死ということになるのよ。

しばらくして共産主義の話を広い場所に集まって聞いた。講師は日本人だった。班が作られ、時々、集会があり、働かない人とか共産主義を批判する人は反動分子と言われて背中に「反動分子」と書かれた紙を貼られた。

三年の捕虜生活の後、二十三年六月、帰って来たが、「中津川に共産党員来た」と言われてな。もっともその頃は、俺の頭の中では、共産主義は平等な社会だから良い制度だと思っていた。今も代議士や偉い人が悪いことするのは社会の仕組みが悪いからで、共産主義社会ではそんなことは起こらないと思うことがある。

家では死んだと思っていた俺が帰って来て喜んでくれると思ったら、そうでないのよ。そのことは話したくない。帰って来なければよかったとも思ったくらいだ。しばらくして、一年前にソ連から出したハガキが届いたのよ。自分で出した手紙を自分で読んだ。

82

ナホトカ港へ、ソ連への賠償艦として引き渡しに行く時で俺の戦争は終わった。

大正11年7月6日生まれ
佐藤《さとう》　章《あきら》

私はね、「占守《しむしゅ》」という海防艦が建造進水してから終戦後にソ連へ賠償艦として引き渡すまで、「占守」の乗組員だった。二百余名の乗組員中、転属がなかったのは俺とK君だけよ。私は工作科兵、艦のメンテナンス屋だ。毎日設計図とにらめっこよ。故障すれば夜昼なく働いた。

開戦の日、昭和十六年十二月、私は海南島にいた。水平線が見えないほど、空母を含めて多くの軍艦が集まった。それに山下兵団を乗せてマレー半島の上陸作戦に参加した。

その後は、輸送艦隊の護衛としてインド洋まで行った。十九年にタンカー五隻の護衛をした時、敵さんの潜水艦の攻撃で全部沈んだ。簡単に沈んだと言うけれど、魚雷が当たればガソリンに火が付く。火の海よ。あれはものすごかった。それから何回かシンガポールと門司の間を護衛をした。敵さんにやられてばかりではない。日本にも九三式酸素魚雷という世界一の魚雷があった。それで敵さんの軍艦や潜水艦を数多く沈めたんだよ。敵さんに恐れられていた魚雷だったが、なにせ数が少ない。それで日本海軍は負けたようなもんだ。

十九年十一月に、マニラ港沖で警備中に敵さんの魚雷が艦首へ命中。アッと言う間に艦首の三分の一が吹っ飛んでよ、あの厚い鉄板が切り取ったように沈んで行った。それでも「占守」本体は沈まなかった。洋上でなんとか修理して台湾へ向かった。途中、高波で浸水。五日間、全員で排水しながらどうにか高雄へ。

マスト上部に見張り台がある。見張り番は新兵よ。初めの内は魚雷とイルカの区別がつかない。特に夜はなあ。「前方魚雷雷跡発見！」なんて艦内放送があると約一分後には全員配置に着く。毎日訓練しているからできることだ。そして見張り台の新兵から「イルカの波乗りでした」の放送。いっぺんに力抜けてよぅ。

東京を空襲した敵機を載せた空母ホーネットを攻撃して沈めたり、アリューシャン列島のキスカ島から陸軍兵士五千余人を友艦と共に四十五分で引き揚げたこともあった。

北海道の稚内で終戦。皆でガッカリよ。終戦後は特別輸送艦として、樺太をはじめ、上海、グアム島、サイゴン、沖縄、朝鮮などからの引き揚げ者の輸送をした。一年ほどで五千人を佐世保、呉、宇品、舞鶴へ運んだ。

二十二年、ナホトカ港へ、ソ連への賠償艦として引き渡しに行き、俺の戦争は終わった。海上で六年間、命を預けていた「占守」との別れは、今思い出しても懐かしい。

83

戦争が始まった日に「貧乏人が金持ちとケンカして勝てる訳がない」と親父が言った。

大正11年10月31日生まれ　佐藤《さとう》　久雄《ひさお》

あの日（昭和十六年十二月八日）は雪がものすごく降っていた。村で兵隊に行く俺だ三十人くらいを集めて、青年団、在郷軍人、村の名士らが集まって役場で壮行会があった。会場へ行くと、何だかあっちでヒソヒソ、こっちでヒソヒソ話している。雰囲気が変だと思って聞いてみると、「西太平洋上においてて米英軍と戦闘状態に入れり」とラジオが言ったというわけよ。大変なことになったと思った。俺の家は貧乏でラジオなどなかった。

村長に「君たちは命を惜しまず天皇陛下のために頑張ってこい」と励まされた。死んでこいということだ。酒など御馳走になって家に帰ると、親父が誰に聞いたのか開戦のこと知っていて、俺の顔見て「貧乏人（日本）が金持ち（アメリカ）とケンカして勝てる訳がない」と言う。貧乏で新聞や本など読んだことのない親父が、戦争が始まった日に、日本が負けると言ったのには驚いた。今考えても、あの時の親父はなぜ負けるとわかったのか不思議に思える。

同年兵は山形県出身が多かった。盛岡に入隊、三か月後、満州へ渡った。船で日本を離れる時、妻子のいる兵隊は甲板で遠くなる日本を眺めながら泣いていた。俺は次男坊で、家のことなど心配する必要がなかったから平気だった。

満州では、匪賊★が日本の開拓団の家を襲うので討伐に出かけるが、行ってみると匪賊は逃げて居ない。ほだごで、日本が勝手に土地を取る。言うことを聞かないと殺すんだから、あっち側から見れば、日本人は鬼だ。部落の家の壁には「日本人東洋鬼《トンヤンキー》」と書かれていた。

ある日、「練習に行く」と言われて貨車に乗せられ、十日間ほど走った。その間、一歩も外へ出られなかった。用便は貨車の中のドラム缶だった。着いたのが揚子江の上流の九江、そこで大きな作戦があった。初めて敵の弾が頭の上を飛んだ。おっかなくて頭上げられなかったなぁ。

また別のある日、無線係が「日本負けるようだ」と言う。その時は信じられなかったが、数日後に夜中に集められ、「ポツダム宣言を受け戦争は終わりになった」って話よ。戦争が終わって喜ぶ人、心配する人、さまざまだった。俺《オラ》だの部隊は、満州に渡ってからサイパン島やアッツ島へ行った兵隊も多い。大部分は戦死した。東沢の金子順一君は二回も葬式され、三回目で生身の本人が帰ってきたのよ。不思議な世の中だったということよ。

84

指差された兵隊は、特別収容所に送られて死刑になった人もいた。

大正11年11月16日生まれ
大木《おおき》　信雄《のぶお》

兵隊の話を集めてるなんて、若いのに珍しい。俺も兵隊のことはいろいろなところに書いているんだがな。戦争の苦労話をしても今の若い人にはわかってもらえないと思うが、俺はどうしても知ってもらいたい。それが平和の基になると思っている。

俺は海軍にいて、ボルネオ島で終戦を迎え、オーストラリア軍の捕虜になった。トラックに乗せられ、ある集落で停まったのよ。原住民がぞろぞろ来て、トラックにはい上がって俺たちの軍帽や徽章《きしょう》、時計など手当たり次第に取り上げる。俺たちは敗残兵、何も手出しできない。それが集落ごとに停まる。口々に「ポトン（首を切れ）、ポトン」と言う。ある者はトラックに石をぶつける。オーストラリア兵も二人乗っているんだが、何もしないでただ見ているだけ。俺たちはただ頭を下げているだけ。負けるとは情けないもんだと思った。

収容所に着いた翌日、太陽の照りつける広い野原に一列に並べられた。すると現地人が来て兵隊に指差しするのよ。戦争中、現地の人に対して罪なことをした兵隊を見つけるためだった。首実検★よ。指差された兵隊は、特別収容所に送られて死刑になった人もいた。あみんな震え上がった。びくびくしたなよ。あの時は捕虜になってからも戦争中でも、一番恐ろしい日だった。中には間違って指を差された人もいただろうに……。

収容所では全員、栄養失調よ。戦闘で戦死した兵より、捕虜になってからの栄養失調と暑い中での重労働が重なって死んだ兵の方が多かった。仕事はいろいろしたなぁ。ジャングルでの木の伐採、それからオランダ軍将校の家の使役、道路の整備、飛行場の建設、それから貨物船からの荷役作業もしたなぁ。そんなある日、俺、立つと急にくらくらめまいがした。その日から、日ごとに体がだるくなった。上官の指示で炊事係へ配置換えとなり命拾いした。

オーストラリア軍の捕虜になったが、途中でオランダ軍に変わった。またそれが運悪く、戦争中に日本軍の捕虜になって、広島や北海道の炭鉱で強制労働させられた兵隊たちだった。今度は俺たちに対する仕返しが始まったのよ。日本語も少しわかるから、うかつに話もできない。彼らが日本にいた時のリンチの仕方をそっくり俺たちにしたなよ。あれは苦しかったなぁ。戦争中、日本軍がいかに捕虜を苦しめていたか、俺たちも体験することになった。

85

山の中腹で憲兵十人がピストルで相撃ちして死んでいた。

大正12年3月25日生まれ
管《かん》　朋三《ともぞう》

兵隊の事聞きたい？　新聞に書く？　本当の事話せないなぁ。久し振りで想い出しながら話してみるか。

俺は、昭和十八年秋、現役で弘前集合。満州・牡丹江近くの東安省八一三部隊へ入隊した。機砲隊だった。馬六頭で引くほど大きい大砲よ。それを三人一組で撃った。今もあの時は大変だったなぁと思う事ある。冬、二月、一か月ほどの練習行事あった。毎日テント住まいでよ、寒くて寒くて参ったたった。

二十年二月から終戦近くまで、国境近くの道路の警備していた。四里ほどの道路を六人での警備よ。近くには日系の警察隊と満人の集落があった。警備中、一番おっかなかったのはオオカミだった。見渡す限りの原野の向こうにオオカミが群れをつくって歩いているのが見えた。それが夜になると部落へ来て豚などくわえて行く。子豚がキィーキィーいうもんだからすぐわかった。

八月十二日頃だったなぁ。師団本部から帰れの命令。帰ったら師団本部に人っ子一人いないのよ。それで俺たちは近くの山へ隠れた。一か月ほど山の中ウロウロしていた。★中津川の山より大きかった気がする。五十人ほどいたなぁ。山の中腹で憲兵十人がピストルで相撃ちして死んでいた。谷川で食事中に撃たれて死んでいる兵隊も見た。俺たちは夜になると満人の畑へ行って豆やトウモロコシを盗んで生で食った。生で食う豆はうまかった。夜になると出て来て畑を荒らすこの辺のタヌキと同じよ。

その後、ソ連兵に見つかり捕虜となった。それから一か月ほど貨車の内部に三段式のベッド作りよ。何に使うんだろうと思っていたら、その貨車に乗せられてバイカル湖近くの見渡す限りの松林の中へ連れて行かれた。

四十二収容所と言っていた。鉄道工事をさせられた。松の丸太を地面にびっしり敷いて、その上に自動車を通して資材を運んだ。俺は木工班だった。椅子や机などいろいろな木工細工を作った。一か月に一回、健康診断があり、病人は入院させられた。初めの冬は多くの人死んだが、その後は死ぬ人も少なかった。毎日八時間働けばよかった。それ以上働かせると、監督が処罰されていた。


働かざる者食うべからずでよ、俺は二級(標準)だった。ノルマ以上に働けば一級でプラス二十パーセント。ノルマほど働けない人は三級でマイナス二十パーセント。食うものの量が差別された。

86

ジャボースケのアレは小さいなと言われて触られた。

大正12年4月18日生まれ　佐藤《さとう》　幸助《こうすけ》

俺は砲兵だった。弘前部隊に入隊した。船に乗って千島列島の北端の島へ渡った。ソ連領が見える所だった。ソ連と戦ったのは三日間だけ、それはすごかった。夜になると米沢の花火大会みたいに空が明るくなるほど、大砲を撃った。

終戦になってソ連兵から「日本へ帰すから着られるだけの服着ろ、持てるだけの物持て」と言われた。俺は欲深いから特に大きな荷物を持って船に乗った。ところが、日本ではなくナホトカに着いたなよ。そして着ている物から持ち物まで、全部ソ連兵に取り上げられた。ソ連兵は両腕いっぱいに日本兵からまき上げた時計を持っていた。捕虜になったなぁと初めてわかった。

それから三年間、捕虜生活をした。冬は大変だった。百人ほど入れる★バラックの建物に小さな★ペチカ一か所だけ、マイナス四十度にもなるからバタバタ死んだ。地面が凍って死体を埋める穴が掘れず、やっと死体が隠れるほどの所に死体を埋める、と言うよりも置いた。それを夜になると野犬やオオカミが持っていく。次の死体を運んだ時には、前の死体がなくなっていた。食う物は茹《ゆ》でた★コーリャンと麦。それでもお正月とメーデーには米の飯が食えた。夏になると近くの草、馬や牛の食うような草、飯盒で茹でて食った。フジの葉はどうしても食えなかった。ヘビやカエルも食った。そんなものしか食っていないから栄養失調で多くの人が死んだ。

　俺は鉱山組だった。毎日石炭掘りだ。穴の中は、夏は涼しく冬は暖かい。それで生きて帰れたと思う。地下百五十メートルで働いた。ソ連の民間人、女たちもいた。

　共産主義の話、時々あった。講堂みたいな所でソ連の良い点、共産主義の良い点ばかり教えられた。一生懸命勉強したふりはしたが俺はイヤだった。君、共産主義ってよ、国家が全部管理するから、個人に希望がない牛馬みたいなもんだ。

　捕虜になっている時の一番の楽しみは、毎日風呂に入れることだった。同じ鉱山で働いているソ連人と一緒に入った。ジャボースケ（日本人）のアレは小さいなと言われて触れたりした。ソ連人のアレは大きいからなぁ。日本人はだいたい十四センチくらいだが、ソ連人は二十センチはあった。それに日本人より倍は太い。ソ連の女のアレも大きいだろうなぁなんてみんなで話してた。君、俺たちは栄養失調で骨と皮ばかり。アレ、大きくなるはずないよなぁ。

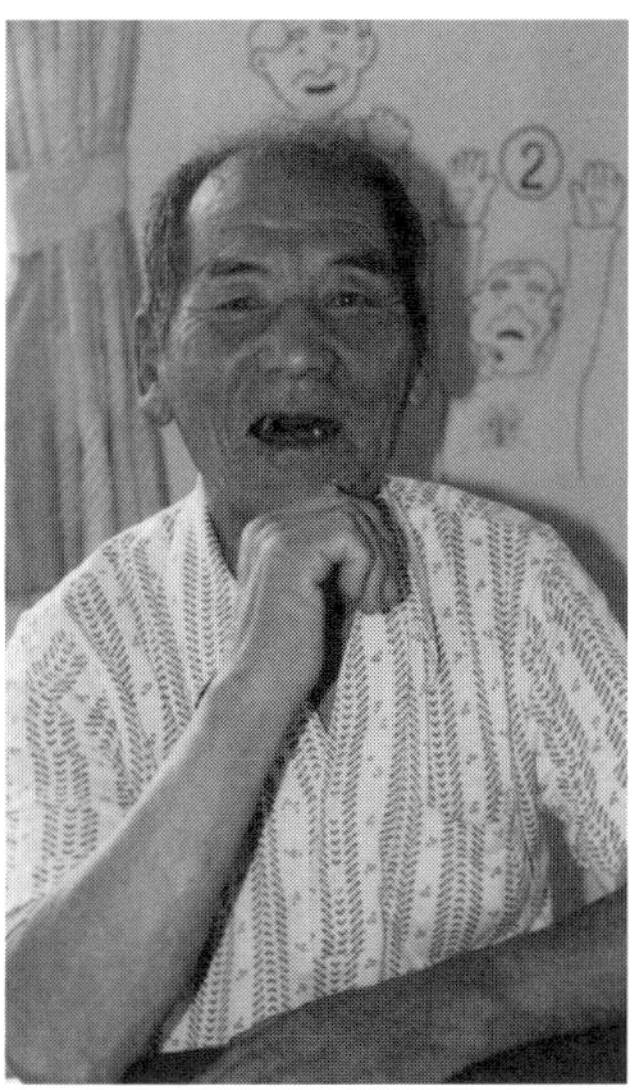

87

夜、便所に行くのが怖かった。海面に無数に浮いていた死体を思い出すのよ。

大正12年4月28日生まれ　熊坂《くまさか》巖夫《いわお》

兵隊検査の頃は、東京浅草で設計の仕事していた。東京で検査受けるとなれば、柔道をしている俺は体格が良く見えた。俺は考えた。田舎で受ければ、皆、百姓で体格が良いので、背が低い俺は丙種になって兵隊へ行くこともないだろう。そう思って宮内★の実家で受けたが、当てが外れて甲種合格になったのよ。そして昭和十八年四月に山形三十二連隊熊倉隊へ入隊した。満州の牡丹江から車で二時間ほどのソ連国境・暁河★（黒竜江）の原野に着いた。兵舎以外には何もなかった。川の向こう岸にソ連の兵舎が見えて、時々バンバンと練習している音が聞こえた。

二日目の夜、山の中腹で十メートル間隔に★歩哨として立たされた。寒かったなぁ。何か吠える声が聞こえるのよ。後から知ったが、山の中にはクマやオオカミなどがいて、吠えたのはオオカミだった。その他にノロ、マムシは多かったなぁ。親指ほどの太い毛虫もいた。クマは二回見たことあった。

兵舎へ帰って来て、上等兵から初めての歩哨の感想を聞かれた。皆、正直に「おっかなかった」「家のことばかり思い出した」なんて言う。俺は東京でもまれているからウソ言ったが、皆、並べられて「そんなことでは兵隊の役に立たない」とか「敵に勝てない」とか言われて、ビンタが雨嵐の如く飛ぶ。ビンタは上官のストレス発散よ。

十九年四月、釜山から南方行きの輸送船に乗った。それが台湾沖で敵の魚雷に当たって沈んだのよ。朝四時頃、あの時はまだ暗かった。ものすごい音、バーン、バシャー、ドドー。海に飛び込んだ。もがいてもがいて、やっと海面に出て乾パンの箱にしがみついて助かった。近くに意地悪で威張っていた炊事班の上等兵がいて「かあちゃん、かあちゃん」なんて泣いているのよ。周りには首のない死体、両足のない死体がいろいろなものと一緒に浮いていた。腹減っていたので浮いている物を口に入れたけど、塩っぽくて食えない。

半日ほど海に浮いていたところを巡洋艦に助け上げられた。中隊長は腰を抜かして立てないでいるのよ。生きている兵隊だけ引き上げられて台湾に上陸した。死体はそのままだった。

その後、近くで何か音がすると、ドキッとして震えが止まらなかった。特に、夜、便所に行くのが怖かった。便所に行くと、海面に無数に浮いていた死体を思い出すのよ。

88

リンガエン湾に海が見えないほど敵艦が集まった。蛸壺を掘り、死を覚悟した。

大正12年11月2日生まれ
新野《にいの》 耕一《こういち》

俺は牡丹江の近くで毎日練習していた。見渡す限りの原野。地平線に沈む太陽は美しかった。

昭和十九年七月、釜山に来て五日間は昼夜区別なく、兵器、食料、馬など戦に必要なものを船へ積み、二十三隻の船で出発。関東軍の最後の船団だと言われた。敵潜水艦が近くにいるということで、鹿児島港へ一時寄港。その時、降ろされた病兵は生き残った。

俺の乗った船は縁起の悪い貨物船よ。台湾に近づいた頃の素晴らしい月の夜、敵の潜水艦を甲板で全員で監視していた。朝方、ものすごいスコールが来た。強い雨よ。みんな急いで船倉に入った。俺、中隊長と話していたので最後になって、ハッチのところにいた時だ。ドガーンと魚雷が当たった。俺はどうにか海に飛び込んだ。救命用の竹にしがみついて浮いているうちに雨やんだ。すると遠くに山が見え、海岸から小舟が来て助け上げられた。百人余りの中隊で、俺を含めて十八名だけが助かった。俺は魚雷の破片が腹をかすったので病院行き。これで日本へ帰れると思っていたら、また船に乗せられてルソン島へ。上陸から毎日が撤退また撤退よ。逃げ回ったということだ。ルソン島のリンガエン湾に海が見えないほど敵艦が集まった。★蛸壺を掘り、死を覚悟した。敵が上陸する前の日、俺は班長の命令で、中隊への連絡のため出発。夜、疲れて眠って目ぇ覚ましたら朝よ。中隊に着いた頃、アメリカ軍の上陸が始まって、俺の班は全滅よ。俺ばかり生き残った。

　中隊長から「山中に多くの病兵がいるから連れて来い」との命令。行ってみると、とても俺たちだけではどうにもならない。その時、俺の足つかんで「助けてくれ」と言って放さない兵がいたのよ。あれには参ったなぁー。

　ジャングルの中、逃げ回っている時、マラ★リアになった。熱で一緒に行動できなくなり、みんなの姿見えなくなった時、俺は大きな声で泣いた。でも、こんなところで死んでいられないと思い、後を追って、朝方追いついた。

　ある時、金鉱跡の穴に原住民と一緒に二日ほどいた。夕方、パンパンと銃の音。危ないと感じ、そこから離れた。翌日、穴にいた日本兵は全滅した。そこでも俺はまた助かった。まだある。目の前に野砲の弾落ちて砂が飛び散ったが、不発だったため、その時も助かった。

　戦後、広場で原住民から面通しがあった。あれは兵隊生活中一番おっかなかった。指差された人は、その後どうなったかわからない。

89

吹雪で食料が三十日も届かない時、松の皮と幹の間の薄い皮を食って生き延びた。

大正13年1月1日生まれ　斉藤《さいとう》　文夫《ふみお》

　俺、盛岡の工兵隊に入隊した。その後、満州のチチハルへ渡り、陸軍幹部教育隊へ入学した。卒業間近にソ連と開戦、俺は陸軍病院を守っていた。ソ連の飛行機で爆撃された。

　その後、ハルビンへ転戦するため汽車に乗った。ハルビンに着いたら、いつも夜は★灯火管制で電気などついていないはずなのに、町全体がこうこうと明るい。不思議だなぁと話し合っていると、戦負けたと第一報が入った。八月十七日の夜だった。

　次の日、司令本部へ行ったら誰もいない。大きな金庫を開けてみたら、★金鵄勲章などがいっぱいあった。そんなもの何も役立たない。軍足に米いっぱい入れて部隊へ帰った。

　その後、牡丹江近くに一か月ほどいて、日本製の武器をソ連の貨車に積み込む作業をした。そして今度は俺たちが★有蓋《ゆうがい》貨車に乗せられ、一週間ほど走った。毎日乾パンを食った。ソ連領に入って初めてソ連の民間人の女を見た。

　着いた所はシラカバ、カラマツ、モミなどの原生林の中で、ソ連の罪人が労働のために住んでいた所だった。その荒家《あばらや》を修理して三年住んだ。鉄道建設の仕事だった。主に枕木用の木を伐採して馬で道路まで運び、米国製のトラックで製材所へ。製品を鉄道の敷地へ運搬した。冬はマイナス三十度以下だと休みになった。

食う物は誠にお粗末だった。主食は大豆と殻付きの★コーリャンとアワなどのスープ。三年間、米食ったことなかった。時々、黒パンの配給もあった。それで足りないから夏はヨモギの葉に岩塩を振りかけて生で食った。

栄養失調で三分の一は死んだ。馬のエサを食い、消化不良で血便出して死ぬ人もいた。冬、ものすごい吹雪で食料が三十日も届かない時があった。松の皮と幹の間の薄い皮を食って生き延びた。あの時は一番苦しかったなぁ。

三年もソ連兵と一緒に住むと、片言の言葉を話せるようになった。俺、厩《うまや》の親方で、七十頭はいた。ソ連兵から木いちごのジャムをもらったりもした。近くにきれいな川があり、針金にアブをつけて川へ入れると、すぐ魚が食いついた。川には女たちが洗濯に来た。それを見るのが楽しみだった。帰る日、駅に女たちが来てパンをくれてスパシーバ（ありがとう）、ダスヴィダーニャ（さようなら）と手振っていた。うれしかったなぁ。あの時の光景、今も思い出すなぁ。

90

ソ連の労働者と一緒に働いた。「俺たちも苦しんでいる。君たちも頑張りなさい」。

大正13年2月17日生まれ　渡辺《わたなべ》　寿三《じゅぞう》

俺は昭和十九年の秋に現役で弘前へ入隊。二週間ほどで南満州の錦州省錦県（現・遼寧省凌海市）へ。山形と緯度が同じよ。ぐるり何もないところよ。春になると黄砂がひどかった。口や鼻には砂が入るし、先が見えなくなる。この辺の猛吹雪のようなものだった。そこで毎日訓練よ。鉄砲は皆に渡るほどはないから代わる代わる持ち、弾ないから撃つ真似事をした。裸馬に乗って山へ行ったり、夜の行軍したりだの、上官は毎日よくも考えて俺たちを連れ回したもんだなぁ。それが終戦まで続いた。

敵との戦闘は一回もしなかった。実弾を撃ったこともなかった。そしていつ終戦になったかもわからずにいると、ソ連兵が来た。武装解除なんて言われても持ち物は短剣だけだった。それから二段式の貨車に乗せられ、一か月ほどかかってイルクーツクに連れて行かれたのよ。

バイカル湖見えた時、日本海が見えるなんて喜んでみたものの……。それから二冬の間、捕虜生活をした。俺たちは雑役だった。雑多な仕事をした。監視するソ連兵は鉄砲を逆にして肩にかけてよ。監視兵がその日のノルマを決める。意地悪な人、やさしい人、いろいろいて、労働はきつかったり、楽だったりした。★コルホーズへも働きに行った。その時は、ソ連の労働者と一緒に働いた。ある老人は優しかった。「同じ人間、俺たちも苦しんでいる。君たちも頑張りなさい」なんて優しくしてくれた。今考えると、よく生きて帰れたと思うよ。

共産主義の勉強もあった。俺はあまり好きでなかったが、覚えないと日本へ帰さないと言われるから覚えたフリをした。班の中にはどうしても批判的な人もいたが、同僚からの密告で再教育とかで連れて行かれて、その後会ったことがない。頼れるのは自分だけだった。余計なことは話せなかった。米沢の桐生信也もいて熱心な主義者だった。捕虜になった当時は軍隊の規律は守られていて上下関係がはっきりしていたが、共産主義の勉強が始まると、よく理解した人が収容所の代表に指名された。

ナホトカで半年間ほど、日本へ引き揚げる兵隊の炊事係をした。どんどん日本へ兵隊が帰って行くのに、俺たちはいつ帰れるのかと不安で情けなかった。

どうにか船に乗って舞鶴へ着いた。船の中で不思議なことが起きた。話したいが君は書くから話さないことにする。ある人には話したことある。

91

俺たちの高射砲は大正時代の代物、B－29には届かない。「無駄な弾撃つな」の命令。

大正13年2月18日生まれ
佐藤《さとう》 慶三郎《けいざぶろう》

あの頃は今のように就職するところがなかったから、多くの次男、三男坊は開拓団とか義勇軍とかで満州へ渡った。

俺は昭和十六年、置賜農学校卒業と同時に満鉄（南満州鉄道）へ入社。満鉄の学校で二年間農業を勉強。その後、牡丹江近くの満鉄経営農場で働いた。満鉄社員専用の食糧基地で、農産物はなんでもあった。

十九年九月に現地入隊して高射砲隊よ。奉天には軍需工場があったので米国のB－29が飛んで来て爆弾を落とした。俺たちの高射砲は大正時代の代物、B－29には届かない。三回ほどは撃ったが当たらなかった。その後は「無駄な弾を撃つな」の命令。ただ飛行機を見ているだけだった。

八月十四日朝、部隊長から「ソ連が参戦した。我らは今からハルビンへ向かって敵と戦う。玉砕覚悟で出発せよ」と言われて出発。俺たち一個中隊は残務整理のため、翌十五日昼頃に出発。その間際、将校や下士官がソワソワ、ウロウロして内緒話していた。何かおかしいと思いながら行軍した。十六日昼頃、ハルビンに着いた。そこで日本が降参したと教えられた。その時の気持ちはどうだったか忘れた。

それからは二か月ほどブラブラしていたが、貨車に乗せられてバイカル湖近くのタイセツ（タイシェット）というところで四年間、鉄道建設工事の捕虜生活を送ることになった。捕虜生活では食う物は足りなかったが、病気になれば病院へ送られるし、毎月一回身体検査があって弱っている人は室内作業へ回された。俺も一回、二か月ほど営舎内の売店の売り子をした。

収容所には五百人はいた。その中に作業の組織と生活の組織があって、それぞれ代表が選ばれた。選挙もした。作業班の方はソ連側からの仕事の内容や進み具合などの指示を各班へ割り当てたりしていた。生活班の方は民主グループと言って素人演芸班、花壇管理班、壁新聞班などがあった。ソ連兵や監督にムリな仕事をさせられたり、暴力をふるわれたりした時は委員長へ連絡、委員長はソ連側と交渉して解決したりしていた。収容所で死んだ人はあまり見たことなかった。

夏の暑い日、冬用被服の準備の仕事をして収容所へ帰ったら、テンヤワンヤの大騒ぎ。日本へ帰れると言うのよ。俺は「またか?」と思った。それまでも日本へ帰すと三回もウソを言われて収容所を変えられていたから、本気になれなかった。二週間ほど貨車に乗ってナホトカに着いた。そこで日本の船に乗って初めて「帰れるのだなあ」と思った。皆、喜んでよ、俺もうれしかったなあ。

92

開拓団の母親から「子供を殺してくれ」と足にしがみつかれたこともあった。

大正13年2月19日生まれ　渡部《わたなべ》　平次《へいじ》

親父が身体弱かったもんだから、早く兵隊に行けば早く帰れると思って、十九歳の時、志願することにした。家族や親類から反対されたが、三年で帰れるなら早い方がいいということで受験し、合格。弘前の騎兵隊へ入隊した。

その後、満州の東安省宝清の騎兵第三旅団第八〇七部隊吉田中隊に配属。六か月新兵教育後、満州第二二七部隊通信隊金子中隊に移った。それでまず生き残れたのよ。前の部隊は沖縄へ行く途中、船が沈んで全員死んだ。俺は運が良かったということだな。

通信隊では有線電話、手旗信号、夜は電燈信号など訓練の毎日だった。俺たちの中隊は牡丹江省でも国境近く、山へ登るとソ連が見えるところだった。

雨降りの日だったなぁ。通信が不通になったので調査に出発した。夜になっても不通箇所は探せず、翌朝、倒木で電線切れている箇所を発見。修理し終えて戻る途中、監視所に立ち寄ってボタモチなど御馳走になっているとソ連の飛行機が飛んで来た。すぐに本部へ連絡したが電話はつながらない。帰ったら兵舎に誰もいない。みんな近くの山の中へ逃げた。それから十月中頃まで逃げ回ることになった。初めは食う物なくて死んだ馬など食った。その後は逃げて空になった開拓団部落に残っていた食料を食ったり、満州部落から食料を持って来て食いつないだ。

そのうち、満人の部落へ近づくとパンパンと、俺たち日本兵に撃ってきた。その鉄砲、日本軍の鉄砲よ。満人たちは空になった兵舎や開拓団部落からいろいろな物を持ち出して自分の家に隠していた。

移動中、道の両側に無数の開拓団の人々が重なって死んでいた。臭くて、臭くてよ。時々、開拓団とも出会った。母親から「子供を殺してくれ」と足にしがみつかれたこともあった。

金子中隊は二百人ほどで逃げ回った。朝起きると隣の人が死んでいたり、疲労で動けない人などはそのままにして行軍という毎日だった。満人に日本軍の鉄砲で撃たれて死んだ兵隊も多くいた。負傷した中隊長もその場に置いて来た。たぶん死んだと思うよ。

ある日、男と子供二人が白旗持って部隊に来て、戦争が終わっていたことが初めてわかった。十月中旬頃だったと思う。その男の案内でソ連の兵舎へ連れて行かれ捕虜となった。二百人ほどの中隊が八十人ほどになっていた。

四年間シベリアで強制労働後、日本へ帰ってきた。戦後、金子中隊の仲間との連絡は一度もなかった。生きて帰れたのは俺だけかも。

93

戦争はしない方がよい。みじめだ。勝っても負けても、悲しみだけ残る。

大正13年7月4日生まれ　吉田《よしだ》　博《ひろし》

戦争体験と言っても、俺は支那へちょこっと行って来ただけで、話すこと何かあるかな。

昭和十九年三月入隊、八戸の野砲だった。その年の十一月、八戸を出発し、門司から釜山へ。それから貨車で馬と一緒にあっちこっちに停まって、三日も動かなかったり、夜通し二日も動いたりして二か月ほど貨車の中。着いたのが中支・武昌近くの揚子江の川岸、銭江湾というところよ。そこに二十年四月までいた。そして作戦命令が出て、今度は毎日、馬とともに行軍よ。歩け、歩けだ。俺たちは新兵だったから、どこへ行くかわからない。ただ前の人に付いて歩くだけ。それが終戦まで続いた。戦争終わってからも一か月ほど行軍して、やっと武装解除よ。支那を六か月も歩いていた。十年前、中国へ旅行したが、飛行機は、俺が歩いたところを一時間で飛んだ。

行軍中、後方から★糧秣《りょうまつ》が着かないと、野砲持って部落へ調達に行った。かっぱらいよ。どこの部落へ行ってもみんな逃げて行って空き家ばかり。家捜しよ。隠し方が上手でなかなか見つけるのに大変だった。その時、パロ（★八路軍）とパンパンと鉄砲の撃ち合いした。両軍とも弾に当たるほど近くではなかった。

歩け、歩けはよ、夜だけ。支那の夜は真っ暗で一寸先も見えない。馬のシッポつかんで歩いた。昼は飛行機から★機銃掃射される。俺、中隊長の伝令で歩いているのを飛行機に見つけられ、バラバラと近くに弾飛んで来た。あの時は死ぬなぁと思った。

　三日も同じところで休む時もあった。そんな夜、一時間交替で歩哨★に立つ。あの時の一時間は長いこと、長いこと。今でも病院で二時間も待つことあるがあれよりも長く感じた。それに不思議と夜になると支那人が歩き回る。なぜか部隊のぐるりをウロウロする。それがまたおっかなかった。

　行軍中、疲労や栄養失調で死んだ兵隊もいた。俺は若かったから頑張れた。ある時、飛行機の弾で死んだ馬の肉食ったこともある。

　俺たちの部隊は、現役の新兵と召集の古参★兵が混ざっていた。古参兵からは毎日ビンタよ。当時は、子供の頃からビンタされていたから、ビンタした古参兵を後々まで恨むことはなかった。今の若者は、俺たち兵隊と同じようなビンタされたら、一生恨むだろうな。

　テレビに朝から晩までイラク戦争が映っているが、戦争は早くやめた方がよい。戦争はしない方がよい。みじめだ。関係のない人が死ぬ。戦争は勝っても負けても、悲しみだけ残る。

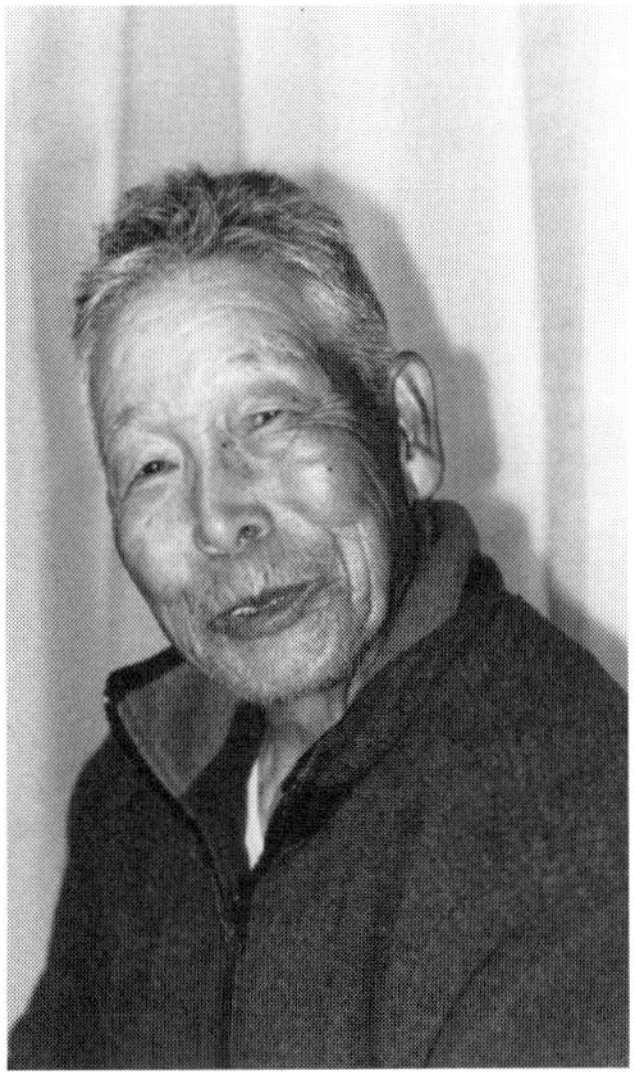

一回二十円でアレできた。いざ本番の時、警戒警報。女が俺の金持って逃げて行った。

大正13年7月26日生まれ　星野《ほしの》　荘蔵《しょうぞう》

徴用により、満州の奉天★で軍属★として働いていた。満州で兵隊検査になると関東軍★への入隊になる。俺は北満は寒くてイヤだった。それに内地に帰りたかった。どうせ兵隊になるんだったら早い方がいいと思い、海軍の志願兵になった。働いていたところの将校に「今まで二年間も陸軍で働いていて海軍へ行くなんて」と嫌味を言われた。

広島の大竹海兵団を経て、横須賀砲術学校の練習生として四か月、教育を受けた。昭和十九年末頃、船は大部分が敵にやられていて、なくなっていた。だから海軍なのに海の上での生活は一日もなかった。その後、海軍航空隊の大分分遣隊へ転属になった。そこでは毎日、山の中のあっちこっちにある監視所とか、高射砲陣地とか、横穴の中にある本部とかをつなぐ電話線の設置をやった。その頃、飛行機は山の中に隠してあった。

二十年一月頃、警戒警報のサイレンが鳴ると同時に飛行場にいた一式陸攻（一式陸上攻撃機）がどっかへ逃げて行った。真っ黒なグラマン四機編隊で飛んで来た。初めて見る敵機を皆で眺めていたら、直角に急降下して爆弾を落とした。飛行場にあった二十機ほどの飛行機が全部ダメになった。そして敵機が海上へ飛び去ったら一式陸攻が戻って来た。山本元帥が戦死した時の飛行機が一式陸攻だった。攻撃されるとすぐ火を噴いて墜落するので、あだ名はビッグライターよ。

ある時から七〇一空隊（航空隊）の特攻隊が来た。特攻隊は特別扱い。毎日うまい物食い、酒飲んでゴロゴロしていた。料理が気に食わないと軍刀持って炊事班へ文句を言いに行っていた。それらの特攻隊員は、夜になると次々と飛んで行って、帰ってこなかった。

七〇一空隊と言えばどんなことでも通った。俺たち、夜になると糧秣★倉庫へ泥棒に入って酒や缶詰などを失敬した。番兵に見つかった時は「俺達は七〇一空隊だ。何か文句あるか」と言って堂々と持ち帰った。

終戦になり、隊の統制が乱れ「飛行機でもなんでも持って行け」と言われた。古参兵★は蚊帳や毛布を馬車で農家へ運んで隠した。俺は持てるだけの缶詰を毛布に包んで、赤湯駅まで無札で汽車に乗った。


少し女の話をするか。部隊からの免税券を持って行くと一回二十円でアレできた。下士官や将校は電話でいい子を予約する。俺たちはその残りよ。顔見ただけで帰ったこともあった。ある夜、いざ本番の時、警戒警報。女が俺の金持って逃げて行った。アハハハ……。

95
毎日、八路軍との殺し合いよ。入隊する時の俺とは全然違った俺になっていた。

大正13年11月23日生まれ　斉藤《さいとう》　明男《あきお》

あの頃、俺《オラ》だ若い者は兵隊検査で甲種合格なんて嬉しいことだった。親父はブスーっとしていたが、兵隊へ行くってお国のためと思っていた。

昭和十九年頃は毎日、大本営発表では日本が勝っていた。本当は負け戦が続いていたが、俺たちはそんなこと教えられないから負けているなんて知らなかった。六月に兵隊検査があって、九月の稲刈り近くになって入営通知書が来た。部落長が「おめでとう」なんて来て兵隊送りの準備だ。まず、部落総出で家の出口に杉の枝で大きな青門を作った。大きな日の丸の旗を立て、両側に「祝　斉藤明男君」と書いた幟《のぼり》を五、六本ほど立てる。

当日は親類、友人、知人などが集って出征祝いをする。お膳を前にして酒を飲んで「まぁーお国のため」とか「元気で」とか言って俺を励ましたなぁ。その頃は部落にも時々戦死の遺骨が帰って来ていたので、兵隊に行けば生きて帰れるなんて俺も思わなかったし、集まった皆も思わなかったと思う。そのうちに村長や在郷軍人会、国防婦人会や部落の人たちが家の前に集まって来る。村長の挨拶、どんなこと言ったか覚えていない。最後に部落長の音頭で「斉藤明男君、出征万歳」があって、中郡駅まで出発する。あの日、親父とは朝から一度も話さなかったなあ。幟を先頭に五、六十人と、途中で小学生が加わったり近くから出征する人と合流して中郡駅まで歩いたのよ。途中歌を歌ってなぁ。〝勝ってくるぞと勇ましく／誓って故郷《くに》を出たからは／手柄立てずに死なりょうか〟と、楽隊の太鼓に合わせて歌うのよ。途中見送る人々に酒など配りながら歩く。一時間もかかるから大変だったと思うよ。後ろの方で小学生が〝天に代わりて不義を討つ／忠勇無双の我が兵は／歓喜の声に送られて／今ぞいで立つ父母の国〟なんて大声で歌いながら駅まで。あの広い駅前いっぱいの人が集まっていた。その日は中郡村から十人、六郷広幡村から十人ほどの出征兵士がいたったのよ。またそこで村ごとに集まって村長の挨拶などあって汽車に乗ったなよ。出征兵士を送る日はお祭りよ。村を挙げてのイベントだった。

それからが大変よ。まず入隊すると★古参兵のいじめが始まる。なんであんなに新兵をいじめたのだろう。一か月ほどして中国へ渡った。それからは毎日、★八路軍との殺し合いよ。入隊する時の俺とは全然違った俺になっていた。毎日なんとかして生きていたい、俺に弾が当たらないようにと思う日々が続いた。

96

寒くて常に火を焚いていたが、馬がオオカミやトラに襲われないためもあった。

大正14年1月28日生まれ　高橋《たかはし》　正二《しょうじ》

　俺は西根村の百姓生まれ。兄が現役で兵隊に行っていたので、小学校卒業後、百姓しながら村の青年学校へ入った。毎週一回、退役軍人から軍事訓練を受けた。兵隊ゴッコよ。学科もあったなぁ。俺の家の田は湿田が多くて百姓続けるのはイヤだった。十七歳の時、徴用令状来た。百姓することとなくなるし、外地へ行けば給料が倍もらえるから、俺は喜んだ。徴用令状ってわかる？　あの当時、国家総動員法、戦時に際し国防目的達成に必要な時は、政府が命令一本で強制的になんでも行える法律よ。それによって俺たちは満州・奉天の第五八一部隊（祝部隊）の軍属、徴用工兵として働くことになった。

　奉天は満州事変の発端となった場所で、小高い丘があり、土を掘り起こすと骸骨が出たりした。そこに全満州の兵隊用の被服廠《しょう》があって、苦力を使って被服を前線へ発送したり、返って来た被服を洗ったり、修理、保管を監督していた。月給の一部は内地へ送っていた。

　苦力は周りに強い電流が流れる電線を張りめぐらしたところにある粗末な小屋に寝泊まりさせて、昼は俺たちが監督しながら働かせていた。夜逃げしようとする苦力もいて、電線に触れて死んだ死体が、あっちこっちにゴロゴロあった。

　二年ほどそこで働いていたが、兵隊検査が

十九歳に繰り上げになり、奉天で兵隊になった。満州の牡丹江近くで昭和十九年十一月から次の年四月まで、毎日、陣地用の木の伐採をした。寒くて常に火を焚《た》いていたが、馬がオオカミやトラに襲われないためもあった。オオカミやトラは直接見たことはないが、遠くの方で吠える声や足跡は見た。

当時、多くの兵舎は空っぽになっていた。後からわかったことだが、関東軍の大部分が南方へ移動したからだった。ようやく暖かくなった頃、朝鮮の大田市へ移動。そこでは山頂に高射砲の陣地を作った。一週間ほど前から仕事がない、命令も出ない。「変だなぁ」と話していたら、終戦だという。

しばらくして、河川敷でアメリカ兵から武装解除させられた。すると朝鮮の若い者がトラックに乗って来て、奇声を上げて騒ぐ。日本が負けたのを喜んでいた。俺たちは危なくて外に出られない。それでまたアメリカ兵から銃を持たせられ、一応騒ぎは収まった。

ある日、街へ行って時計と白米を交換して食った飯はうまかったなあ。今日まで、あの日よりうまい飯は食ったことない。あれは本当にうまかったなぁ……。

97

天皇の大きな絵とスターリンの絵があって、「どちらかを踏んで通れ」と言われた。

大正14年2月6日生まれ　大木《おおき》　正一《しょういち》

　十六歳の時、徴用命令で中島飛行機、今の富士重工業で飛行機つくりさせられた。「銀河」という小さな飛行機よ。敵艦に体当たりしてもなんの役にも立たない。

　B－29の爆撃で工場がダメになった終戦の年、工技兵として現役で入隊。満州のハルピンで三か月新兵教育を受け、奉天★近くで飛行場建設をした。苦力★が六千人ほど徴発★されて働いていた。俺は苦力六十人ほどの担当だったが、苦力は二等兵の言うことを聞かないので、昼だけ下士官になった。

　日曜日は食料の徴発。村へ行って豚や鶏、スイカなどを持って来る。現金を持って行くと「シャシャデー（ありがとう）」と喜ぶ。無理に持ち出す、つまり盗もうとすると「テンホメンヨ（かんべんしてください）」と言って悲しみ泣いていた。

　八月の初め、飛行場が出来上がった。次の日の朝、六千人ほどの苦力が一人もいなくなった。ポンプ、スコップなどの道具一式と小麦粉千俵と馬を一夜にして持ち逃げしたのよ。

　終戦になってブラブラしている時、今度は毎晩、満人が大勢で食料の米、パン、菓子などを盗みに来た。俺たちはただそれを見ているだけだった。その後、武装解除になり、食料などの物資を貨車に積み込む仕事を毎日していたが、ある日、「これからウラジオストックで入浴、着替えした後、日本へ送る」と言われた。みんな喜んだ。部隊から現金(満券)もらった。部隊長などリュックいっぱいの現金を持って貨車に乗った。それがバイカル湖近くのチタ市の原生林の中、兵舎もないところに着いた。十月の初めで雪が積もっていた。寒かった。

それから昭和二十三年夏までの捕虜生活が始まった。俺、冬に虫歯が原因で一か月ほど入院した。その時、若くて美しいレーナーという女医に認められてよ、六か月ほど女医の当番兵になった。女中みたいな仕事よ。別れる時、レーナーが俺の手を握って涙を流してなかなか離さないのよ。あの女医、今どうしているだろうなあ。

捕虜の仕事は燃料用の伐採が主だった。民主グループがつくられ、将校たちを吊るし上げたこともあった。班の代表になって、十八日間も朝から晩まで共産主義の勉強をさせられたこともあった。

帰国で舞鶴に上陸した時、なぜ俺が指名されたのかわからないが、一部の人と狭い通路を進まされ、二つに分かれた先に、天皇の大きな絵とスターリンの絵があって、「どちらかを踏んで通れ」と言われた。どっち通ったか話せない。踏み絵よ。あれには参った。

一心に母に祈った。「助けてくれ、守ってくれ」とな。

大正14年3月13日生まれ
大友《おおとも》 善次郎《ぜんじろう》

兵隊のこと話せと言われてもなぁ。この年齢《とし》になって、話が後先になるが、それでよかったら。

俺は、繰り上げの兵隊検査よ。十九歳だった。甲種合格で昭和二十年二月に弘前の荒井隊へ入隊。満州とソ連国境の杜魯爾《トロル》で新兵教育を受けた。

その頃、鉄兜《てつかぶと》はなく、鉄砲も皆に渡るほどもなかった。木の弁当箱に竹の水筒だった。それでも日本は勝っていると思っていた。模型の爆弾を胸に抱えて、模型の戦車に突っ込む練習よ。夕食が終った頃を見計らって将校や下士官が来て「君たち、覚悟は出来たか」なんて言うのよ。俺たちは十九歳の新兵ばかり。それでも家を出る時から「天皇陛下のため手柄を」「まず死んで来い」ということを言われていたし、兵隊は死ぬもんだと思っていたから覚悟はできていた。

上官や古参兵★にはいじめられたなぁ。「ボタン外れている」「靴の手入れが悪い」「服が汚れている」と、何かと難癖をつけては、班の連隊責任だと言って、ビンタだ。スリッパで思い切りほっぺたをお互いに打つ。歯が欠けたり、顔が腫れて、飯食えない時もあった。

ソ連が攻めて来た時は、飛行機から爆弾は落とすやら、機銃掃射★するやらで多くの馬と兵隊が死んだ。原野だから飛行機が来ると隠れる所がない。それでも石を少し積んで、頭隠して尻隠さずよ。馬は立っているから多くが死んだ。

　パイロットが見えるほど低く飛んで来てバラバラと弾を撃つ。当たらなかったのが不思議よ。俺はその時、一心に母に祈った。「助けてくれ、守ってくれ」とな。髪の毛が一本一本立つほどおっかなかった。あの時のこと思い出すと涙が出る。ほら今でも自然と出るんだなぁ。

「しっかりせよと抱き起こし、仮包帯も弾の中」（軍歌「戦友」の一節）なんて、家にいた時に本で読んだことあったが、自分以外のことは考えられなかった。生きたい一心だったな、本当のこと言えば……。

　世の中が変わって、捕虜になって病院で働いている時、意地悪した上官が入院してきたのよ。彼は多くの新兵に意地悪しているから俺の顔を覚えていないが、いじめられた俺は一生忘れられない顔よ。その上官をどうしたかは話せない。誰にも話したことない。

99

君、想像できる？ できないべぇ、それが戦争だよ。

いやぁ、俺の家は★小作で貧乏でよ、ぐるりの小作人よりもずば抜けて貧乏だった。俺、★高等科卒業すると★奉公に出された。パイロットになりたくてよ、夜、学校の宿直の先生へ通って勉強したごで。海軍飛行隊へ親父に黙って願書出して、試験場へ行った。中学(現在の高校)の卒業生ばかり。これではダメだなぁと思ったが運よく合格したよ。跳ね上がって喜んだなぁ。十五（歳）だった。志願兵になった。

舞鶴海兵団を卒業、海南島で★掃海艇「ひよどり」の乗員、揚子江で機雷の撤去をした。ぷかぷか浮いている機雷に泳いでいって縄で縛る。簡単なようで命がけだ。それをすると★金鵄勲章ものだった。

大正14年4月1日生まれ　高橋《たかはし》　繁嘉《しげよし》

その後、重巡洋艦「利根」に乗って、サイパン、テニアン、インド洋上で作戦に参加した。インド洋上ではあることが起きた。上官から★箝口令《かんこうれい》だ。人間のすることではないことよ。君にも話せないよ。

十九年十月、有名なレイテ海戦（★レイテ沖海戦）に参加した。いよいよ俺たちも今度はダメだと言って友と夜、酒飲んでいた。朝早くからアメちゃん（アメリカ）の攻撃を受ける。米機が空黒くなるほど飛んできて船にバラバラ弾を落とす。一日中攻撃された。その作戦で大部分の船は沈んだ。「利根」と戦艦「大和」、駆逐艦数隻が残っただけ。「利根」にも爆弾落ちた。機関室に六十キロ爆弾、それが不発弾だった。それで命拾いした。

　レイテ海戦では米軍、日本軍両方で船百隻沈み、兵隊五万人は死んだらしい（実際は、日本三十隻、連合国側八隻といわれている）。「利根」でも千二百人中五百人は死んだ。残った船団で呉に帰った。

　二十年七月の末頃、B－29からビラが舞い降りた。「広島のみなさん、疎開するなら山形へ」とあるのを見て驚いた。あのビラ、今持っていたら記念になったなぁ。

　広島と呉は直線で八キロはあった。いつもB－29は昼頃来ていたのに今日は早いなぁなんて話していると、青白い光がピカーッと光った。一瞬、目ぇ見えなくなった。茶褐色の雲がサーッと上空へ広がって爆風がビューと吹いてきた。それでも爆弾が落ちたとは思わなかった。

　昼頃になって広島発の連絡船から降りてきた人たちを見てたまげたなぁ。みんな火傷している。手引っ張ると皮だけ剥《む》けてくるんだもの。みんな特殊爆弾が落ちて広島の街がなくなったと言っていた。信じられなかった。

　一日で船百隻が海に沈んで五万人死んだ。広島の街、一瞬にしてなくなった。君、想像できる？　できないべぇ、それが戦争だよ。

100

収容所の六百人中、日本へ帰ったのが四十六人。一度死んで霊安所に運ばれた。

大正14年7月9日生まれ　本田《ほんだ》 茂兵衛《もへえ》

俺たちの部隊は八月二十九日までソ連軍と戦った。あっちもこっちも、終戦とわからないで殺し合いしったなよ。捕虜になって着いたのがシベリアにある駅からよほど歩いたところ。原生林で毎日伐採作業した。シベリアの冬はマイナス三十度、四十度が普通だ。君、マイナス三十度と言ったってわかるか？　テントから外へ出るとまつ毛がすぐに真っ白になる。何か月もヒゲ剃らないから顔全体が白くなる。素手だとたちまち凍傷、見る見るうちに手が真っ白になる。それがマイナス四十度になると、目ぇまばたきできなくなる。外気を直接吸うと、氷が肺に入ってくる感じだ。

テントの中、地面に松の小枝を置いてその上に毛布一枚、★外套《がいとう》をかけて寝る。交替で火を燃やしているが、煙たくて顔が真っ黒になった。水がないから顔も洗えない。

朝、黒パン百グラム、たばこ二箱分くらいのもの。昼は殻つきのコウリャンかアワと生の塩ザケか塩ホッケなど。夜も同じだった。それでみんな栄養失調になってバタバタ死んだ。夜、元気にふるさとの話していた人が、朝、動かなくなっている。

あまりにも死ぬもんでソ連軍の女医が来た。俺も肺炎で三十九度の高熱でたなよ。トラックの荷台に乗せられて入院した。その病院、日本人の捕虜専用だった。暖房もなく、寒くて寒くて二人で抱き合って寝たままではわかっていたが、それからどれだけの時間が過ぎたのかわからない。

目を覚ましたら、注射器を持ったドイツ人の女医とソ連の看護婦が、私を見てニコニコしていた。しばらくして風呂に入れられた。俺の腕にローマ字で何か書いてあった。「君は一度死んで霊安所に運ばれた。その時、腕に君の名前が書かれた。一晩、死体として霊安所に置かれ、次の死体を運んだ時、君は呼吸していたのでまた病室に連れてこられた」と仲間は言う。半年も男ばかりの世界にいたから、ドイツ人女医が天女のように見えた。俺の恩人だ。

二月頃になってスチームも動き、暖かい病院になった。その頃の俺の体重三十二キロ、骨が歩いている感じだ。十五人ほどの病室、毎朝女医が来て日本語で「イカガデスカ?」。その声聞くと安心した。毎日いろいろな話をした。やっぱり食い物の話が多かった。ふるさとの名物よ。帰れると思わなかったから、家のことなど話さなかった。自分が生きるに精一杯、先の見えない毎日。でも病気の方はよくなった。三月になって退院、また強制労働の毎日が続いた。俺たちの収容所の六百人中、日本へ帰ったのが四十六人だけ。

101

黒塗りの自動車が来て、その中から黒縁眼鏡をかけた東条閣下が降りて来たなよ。

大正14年11月1日生まれ
鈴木《すずき》 與揔次《よそじ》

俺、百姓の末っ子でよ、商業学校卒業後、軍事工場の中島飛行機会計課に勤めた。出来上がった飛行機が飛んでいくのを見て、二十日もすれば南方で敵に突っ込んで死ぬんだろうと皆で話しながら見ていた。俺もどうせ死ぬなら敵機にぶつかって死んだ方がすっきりすると軽く思って、陸軍特別幹部候補生を受けたら合格したなよ。そして身体検査と適性検査受けたら飛行機の操縦の方に選抜された。

昭和十九年三月、見習士官に連れられて明治神宮、靖国神社へ行った。皇居を歩き回って、最後に陸軍航空本部に着いた。休んでいると、「起立！　注目！　敬礼！」なんて言われてよ。すると黒塗りの自動車が来て、その中から黒縁眼鏡をかけた東条閣下が降りて来たなよ。その頃、東条は首相兼陸相参謀総長だった。俺たち驚いてよ、緊張したなぁ。そして、「君たちは皇国」だか「祖国」だか言ったなあ。それから「一騎当千」と言った。一人で千人の敵を相手に出来るほど強いという意味だ。それから「輩《ともがら》、しっかり努力せよ」と言って帰っていった。

それから毎日学科と赤とんぼ★という練習機に教官と乗って訓練よ。六か月ほど過ぎて一応一人で飛行機に乗れるようになった。教育受けている最中に親父が笹餅持って来たなよ。広い飛行場の真ん中を、中折れ帽子かぶってトランク横に担いでステテコはいた人が歩いて来たなよ。それが親父だった。

十九年十月に髪の毛と爪を切って封筒に入れろの命令だ。そろそろ戦地へ行くんだなあと思ったが行く先教えられないまま、門司から十三隻の船団で出航した。台湾・高雄に立ち寄ってフィリッピンの海にさしかかった時、敵の魚雷で十隻が沈んだ。夜、船が燃える中、兵隊が次々と飛び込むのが見えた。俺たちの船も魚雷は当たったが不発だったので命拾いした。数日後、海面に死体が無数に浮いていた。中には軍刀を胸に抱いたまま浮いていた兵隊もいたった。その時、戦争ってむごいもんだと思った。

ボルネオにいた時、空中戦見た。あれは物凄かった。敵の戦闘機と日本の「隼《はやぶさ》」が空中で弾の撃ち合いよ。その時は「隼」の方が強かった。一か月ほどして目的地のタミクマヤラの飛行場に着いた。その飛行場から特攻機が飛んで行くのを見送った。俺の班長も飛んで行って戦死した。

終戦になって今度はオランダ軍とインドネシア軍の戦争に巻き込まれてしまった。

どうにか帰れることになって船に乗ったら歌手の藤山一郎がいたった。船の中で歌聴いたかどうか忘れたなあ。

102

京都の飛行場では、ワラの機体に紙を貼って色付けした模型の飛行機を置いた。

大正15年2月3日生まれ　西川《にしかわ》　房雄《ふさお》

一年半ほどの軍隊生活だったが、俺のためには良かったと今でも思っている。家の周りが芸者置屋★。姉四人の後に生まれた。周りが全部女ばかり。芸者に抱っこされて育った。子供の頃は男らしからぬひ弱な人間だった。家は畳屋で、後継ぎのつもりで働いていた。

戦争が始まった年、十分一山《じゅうぶいちやま》（現・山形県南陽市）の防空監視所に勤めることになった。飛行機の模型や三面図がいっぱいあった。それを見ながら「これからは空を制する者が世界を制する」なんて仲間と話をしていた。空への憧れはその頃からだ。

十八歳の時、青年学校★全員が強制的に志願兵の検査を受けさせられて、俺は甲種上で合格。翌年二月、舞鶴海軍航空隊へ入隊。身体検査があって、腕にゴム印を勢いよくパンと押される。豚並みの扱いよ。

パイロットを志願すると落ちることあるから俺は整備の方を選んだ。エンジンをバラバラに解体、洗浄、摩耗などを調べてまた組み立てる。飛行隊へ渡す前に責任搭乗といって、テストパイロットと同乗して整備が完全かテスト飛行する。エンジンが正常に動いているか、計器類が正常かチェックする。初めて乗る時、班長から「片方の軍足を持って行け」と言われた。何のことかわからなかったが、乗ってわかった。パイロットは反転、宙返りと荒い。目は回るし、そのうちにゲーゲーが始まったのよ､その時のための軍足よ。わかった？　ビニールなんてなかった時代だから。何回も乗っているうちに慣れてきて軍足も必要なくなった。うふふ……。

京都の飛行場では、ワラの機体に紙を貼って色付けした模型の飛行機を置いた。敵機はそれには見向きもせず、倉庫にだけに機銃掃射した。

兵隊で二回優勝を逃した。一回目は銃剣術の試合。「始め」と言われないうちに相手が俺を突いた。俺、ひっくり返ってよ、「油断」ということとで負け、成績二番目になった。次の年、飛行機整備の試験の時、前の日に外出して外食でピカピカ光るタコ食った。それが原因で赤痢、二週間の強制入院で実地試験を受けられなかった。学科は三位。残念よ。

兵隊時代は試験前にいつもヘマして優勝出来なかったが、戦後、畳の東北技能大会で優勝した。あの時は嬉しかった。この時､初めて、頑張ればなんでもできることがわかった。それからも常に技術を磨いて頑張っていたら､平成十年に「現代の名工」に選ばれた。今は南陽市の高等技能専門学校で若い者に畳の技能を教えている。いつも言っているのよ､「頑張れ、技能を磨け、必ず結果が出る」とな。

103

二百五十キロの砂袋を積んで敵艦に突っ込む練習。死ににいく練習よ。

大正15年3月4日生まれ　伊藤《いとう》　三夫《みつお》

私ね、子供の頃から飛行機に憧れていたのよ。子供の頃、少年倶楽部の雑誌に出ている飛行機見るのが楽しみだった。初めての実物は学校の人文字を撮りに飛んで来た神風号という飛行機。その次は昭和十四年十一月、八幡原に赤とんぼ★飛行機が十数機飛んできて着陸した。市内の学校全部が八幡原まで見にいった。栗子峠の方から飛んできたなよ。あれはものすごかった。そのうち一機がオーバーランして松の根っこにぶつかって止まった。ガキ大将の私は、次の日も見にいって触ったりして遊んだもんだ。こんな飛行機に乗って飛んでみたいもんだと思った。次の年に小国町玉川口で列車が転覆事故を起こした。取材のために来た飛行機が林泉寺近くの田んぼに不時着したなよ。それを三日間も見にいった。機体をバラバラにして馬橇《そり》に積んで米沢駅まで運ぶのを近くから見ていた。私、子供の頃から飛行機には特に思い入れがあってな。憧れだなぁ。大空と七つボタンに憧れていた。

その頃、親類が予科練★（甲種飛行予科練習生）に入隊して、その母親がいつも私の家に来て息子をほめていたこともあり、私も予科練を目指した。試験は難しいから三回くらい頑張ればと思って私、中学校四年生、今だと高校二年生だな、受験したら一回で合格したなよ。あの時はうれしかったなぁ。親父も喜んでよ。当時、予科練入隊となれば親父も鼻高々になれたんだよ。先生に「軍隊は別世界だから頑張れよ」なんて言われてね。

憧れの予科練に入隊したものの、毎日分刻みの猛特訓だ。それに週一回の精神講話があった。「我が身を捨て天皇に帰一せよ。国家同朋の将来の幸福のため、困難にあたる急先鋒となれ。君の行動が戦局を左右する。ひいては国の存亡にかかわる」なんて話があった。

その後、フィリッピン、シンガポールで飛行訓練をした。宙返り、垂直旋回宙返り、反転後上方攻撃、クイック横転などができるようになり、零戦（零式艦上戦闘機五十二型）のパイロットになった。その時はうれしかったよ。自由に大空を飛べるんだもの。

ミンダナオ島の飛行場は牧草地みたいな所でな。野放ししている水牛が滑走路でのんびりしていて着陸できないなんて、時々あった。マレー半島やインドネシアでは実戦配備されて哨戒の任務をしていたが、二十年八月に台湾の虎尾飛行場に移動、今度は毎日、練習機に実弾の代わりに二百五十キロの砂袋を積んで敵艦に突っ込む練習。死ににいく練習よ。そのうち、終戦よ。

104

十四日の朝、日本が負けたと知った。なんで前日にわかったのか不思議だ。

大正15年5月14日生まれ　土屋《つちや》　力栄《りきえい》

あの頃、大陸（満州）へ行って働くというか生活することは若い者の憧れだった。私もその気になって酒田日満工業学校へ入学した。満州から来た生徒もいた。支那語（北京語）も習った。支那語のおかげで終戦のどさくさでも生きられた。

戦争が激しくなると、学生が★勤奉隊として軍需工場で働いた。私はどうせ将来、満州へ行くんだからということで、希望して★奉天へ行き、そこの飛行機の部品工場で働いた。昭和十九年九月頃だった。その十二月に繰り上げ卒業よ。一年間も授業なしで卒業した。そのまま二十年の夏頃まで働いていたが、現地召集で兵隊になった。

新兵教育などなく、次の日から何も知らされないまま一応兵隊の格好で行軍が始まった。三日ほど夜も昼も区別なく強行軍、疲れ切ってテントで寝た。朝早く突然班長に起こされて周りを見ると何がなんだかわからない。兵隊がバラバラという感じ。班長は「日本負けた」と言うのよ。入隊して十四日目だった。

俺たちの部隊は、八月十三日の夜、下士官二人が馬二頭に食料や物資を積んで逃げて行ったという話だ。兵隊は命令で動いているから、命令する人がいなくなったら皆勝手に行動したなよ。十四日の朝、日本が負けたと知った。今もなんで終戦は十五日なのに前日にわかったのか不思議だ。

　みんな日本人だと思っていた部隊が、実は大部分の兵隊が朝鮮人だったのよ。日本人の兵隊は現地召集だったから満州に肉親や頼れる人がいたったためか、大部分が部隊から逃げて行った。朝鮮人たちは日本が負けたと知ると急に朝鮮語を話し始めた。何言ってるのかさっぱりわからない。ニコニコと大喜びでよ、お互いに抱きしめ合いながら喜んでよ。昨日までの敵であった八路軍★と、いかにも親しい友のように現地語で話し合っていた。十五日には早くも朝鮮人の家の玄関に朝鮮の旗が立っていた。私、あれ見て震えたなぁ。情報の早さには驚いた。

　班長が「君たち新兵は西も東もわかるまい、でも現地語を話せるから役立つ。一緒に行動する覚悟のある者は連れて行く。君たちは本当に日本人か？　しっかり俺の目を見ろ」と言った。あの時の班長の目は恐ろしかった。夜、武装解除されてから高級タバコを盗んだ。十三人でその後三か月間はあてのない逃避行よ。タバコと食料を交換しながら逃げ回っていたが霜柱の立つ頃、大集団の日本軍と合流し、一安心したものの、その後、捕虜になって、シベリアへの出発点となった。

105

俺たちが投げた手榴弾を敵が拾って投げ返すのよ。それで死んだ人もいたった。

大正15年7月1日生まれ
竹田《たけだ》　秀夫《ひでお》

俺は十七歳の時、徴用された。当時は軍需工場へ働きに行くのは義務みたいなもんだ。俺は海軍航空技術廠《しょう》で働いていたが、こんな所で働いているよりは兵隊の方が良い、と思って志願したら合格よ。昭和十九年に尾花沢にあった部隊へ入隊した。第九十一連隊「弾部隊」と言っていた。

それから南支（中国南部）の湖南省へ。昭和二十年の初めの頃だった。君、湖南省なんて言ってもわからないべェ。この地図（『昭和二十年初頭における支那派遣軍体勢概見図』大日本帝国陸地測量部発行）を見ながら話すから。ここは観光地で有名な桂林よ。ここから百キロの湘潭に本部があった。桂林にアメリカの飛行場があって、そこから毎日決まって三回飛んで来て、★焼夷弾は落とすし★機銃掃射もされた。俺たちは重慶軍、蔣介石軍と戦っていた。山岳地帯でよ。五月だったが草がぼうぼう生えていた。そこから重慶を攻めようと進撃中だったが、敵は標高千メートル、その中腹に立派な道を作って俺たちの来るのを待っていた。俺たちはそこを通って重慶へ行くつもりだった。五月十三日、俺は歩兵だから先頭の方で進む。すると山の中腹から弾が飛んできたなよ。初めてだったのでこれで死ぬと思った。おっかなかった。

その頃、日本軍の鉄砲は明治時代の★三八式。一回弾をパンと撃つと、また弾を詰めて撃つ。

敵の方はパパンーパパンーと撃ってくる。そんな鉄砲の音、初めて聞いた。あとからわかったことだが、アメリカ製の最新式の自動小銃で一回弾詰めると三十発は飛んで来る。敵の将校はアメリカの軍人だった。空からはグラマンの機銃掃射よ。どんどん戦友は死んでいく。近づく敵に★手榴弾を投げるんだが、俺たちは新兵ばかりで戦闘の経験がないから栓を引くとすぐ投げるもんだから（七秒後爆発）敵がそれを拾って投げ返すのよ。それで死んだ人もいたった。★密偵を捕まえて白状させたら、敵は何万という兵隊で俺たちを囲んでいることがわかって、それで「転戦」となった。撤退、逃げることよ。二十キロほどの山岳地帯を二日ほどかけて逃げた。兵隊の三割は戦死した。当時は湖西作戦と言っていた。俺、戦闘はその三日間だけだった。

終戦は山東省の済南駅で迎えた。俺、その時は幹部教育隊の教官をしていた。あの日は暑くてよ、畑からスイカかっぱらって食っている時、近くにいた通信隊の無線で日本が負けたことを知らされた。それから十二月頃まで政府軍の手先になって★八路軍と小競り合いしていたなぁ。

106

ＧＨＱ本部から呼び出しの通知が来た。心配で心配でよ。

大正15年11月3日生まれ

髙梨《たかなし》　勝《まさる》

父親は「どうせ兵隊に行かなければならないなら、鉄砲を担ぐ兵隊ではだめだ」と言って友人に相談し、私はアジア要員教育研修所へ行くことになった。君も知っていると思うが、大東亜共栄圏、中国、朝鮮にベトナム、タイ、ビルマなどに、南洋諸島を含めた各国が独立、自立して経済を確立し、アジアの発展を期す新体制の構想があった。研修所は全国から十数名の小人数だった。アジア民族が数百年の間、白人のイギリスやオランダの植民地であったのを、今後は日本の軍事力で支配するのではなく、各国の民族が独立しアジアが一体となって発展すべきで、各国の教育指導が大切であるという考え方に基づく研修所だった。外務省とある一部の軍関係者だけが知っている極秘中の極秘の研修所だった。

研修途中で終戦になって、私は警察に勤めた。しばらくしてＧＨＱ本部から呼び出しの通知が来た。私になぜ呼び出しが？　上司や同僚もなぜだかわからない。私は敵と戦ったこともないから戦犯になるはずがない。でも、心配で心配でよ。上司が「君は何も戦犯になるようなことしていないのだから心配するな、心配するな」なんて駅まで送ってくれた。ＧＨＱへ行くと、日系の通訳から「ＧＨＱで働け」と言われた。私は、初めて見るアメリカ兵の前で恐縮してよ、頭は真っ白、何言われたかわからなかった。後日、通訳から

「初めて来た時は、生きている顔ではなかった」とからかわれた。なぜ私が指名されたかというと、アジア要員教育研修生の名簿がGHQに流れていたのよ。全部焼いたはずなのに残っていたらしい。

進駐軍が地方に調査やパトロールに行く時に同行して、方言を標準語に変えて通訳に話す仕事よ。すると通訳は英語で進駐軍へ話す。主に九州、四国方面だった。県関係とか、学校、会社などへ行った。どこへ行っても歓迎されてよ、毎日、芸者パーテーだった。楽な仕事だった。

GHQの占領政策は間接統制だった。憲法をはじめ、いろいろな法律は、一応、日本人が草案したことになっているが、実は間接的にGHQの意のままの制度が出来上がった。

特に、国として一番重要で大切な国防や教育などが、今になって問題化している。日本の国を日本人が守らない、そんな国、どこにあるだろう。それに教育だ。あまりにも自由と権利を強調したための弊害が表面化して、義務を知らない若者たち。ドブ川の浮草と同じになった。

107

「回天」という人間魚雷。一人乗りで脱出口もなく、発進すれば死が待っている。

昭和2年6月26日生まれ　斉藤《さいとう》　修介《しゅうすけ》

私、興譲館中学三年の時、ジャンプで全日本で六位に入った。オリンピックの候補にもなって、合宿にも参加していた。予科練★に行く気はなかったが、当時の校長がバリバリの軍国主義者で、生徒に予科練の受験を強く勧めていた。私も仕方なく受けることにした。身長がギリギリだったから合格すると思っていなかったが、合格したなよ。飛行機に乗れると思うと半分は喜んだ。入隊六か月後の夏、七つボタンの制服着て帰ったら、周りの人たちや友達にうらやまれたったなぁ。

今の天理市で飛行機に乗るための訓練をした。天理教信者が寝泊まりする詰所が兵舎だった。広い講堂みたいな所だった。そこで毎日、朝から晩まで飛行機の構造の勉強や、体力作りの訓練が続いた。

昭和十九年の八月末頃だったなぁ、真っ暗にした広い講堂にすし詰め状態に集められた。特攻用の新兵器ができたので搭乗兵を選ぶ、ということで調査用紙を渡された。一万人の中から百人選ぶとのことだった。私は心の中ではイヤだったが、希望しないと後から特別訓練とかいってイジメられると思い、どうせ選ばれないだろうと希望に丸を付けた。でも、なぜかそれが選抜されたのよ。百分の一の中に入ったというわけだ。

特攻の新兵器は「回天」という人間魚雷で、敵艦に衝突して自爆するのが任務だった。山口県の平生《ひらお》基地で、回天特別攻撃隊の小隊長として訓練の日々が続いた。回天という魚雷は一・五トンの爆薬を積み、一人乗りで脱出口もなく、発進すれば死が待っている。開発した黒木海軍大尉でも操縦中に殉職したほどの危険な兵器だった。実際に乗った人でない君にいくら話しても、理解してもらえない代物だ。その回天を実際に海で練習することになった時、前の日だったなぁ、第一号の搭乗に俺が指名された。夜、不安で寝られなかった。

でも、何回も練習しているうち、いろいろな操縦ができるようになった。一応訓練が終わった頃、出撃命令が出た。愛知県の知多半島の海岸に横穴が掘ってあり、そこが回天の出撃基地だった。私たちは七月の末頃着き、魚雷艇が来るのを待った。毎日兵舎で何もすることなくゴロゴロしていた時、終戦になったのよ。回天が届いていれば出撃して、今の俺はいなかった。

終戦の日、兵舎前で玉音放送を聞いた。私もみんなも「助かったぁ、助かったぁ」と喜んだ。

帰ってきてまたジャンプやって、大学ではチャンピオン。全日本では六位が最高だった。

108

アメリカ軍の日本向けの放送が聞こえた。禁止されていたが時々聞いた。

昭和3年10月20日生まれ　林崎《はやしざき》 徳次郎《とくじろう》

太平洋戦争は国政を軍部が握ったから始まった。今後も悲惨なことが起きないようにするには、立派な政治家を国政へ送ることだと思う。その点、○○○○君は世界の中での日本の進むべき道を、信念を持って実行できる人だ。私、今その事務所で頑張っているのよ。君、選挙の時は○○○○君を頼むよ。

当時は国のために死ぬことが男の本懐と思われた。家に戦死者のいることが名誉だった。

私、予科練に入ったきっかけは興譲館中学三年生の夏、全校生が講堂に集められ、校長の講話があった。それに感動した。予科練に入れば飛行機で大空も飛べる。それに次男だし。受験したら幸い合格したなよ。その頃、興譲館からの軍人コースだと、一番のエリートは陸軍幼年学校へ、二番目は陸軍士官学校へ、三番目は海軍兵学校、その次が予科練だった。講堂には偉い軍人の写真、俺たちの先輩だなぁ、ずらーっと飾られてあった。

入隊したのは飛行機の方でなく、防府通信学校（山口県）に配属された。それから六か月は通信技術を叩きこまれた。通信はモールス信号といってな。トトツー、トツーとかで送受信する方法、その練習が大変だった。一分間に送信九十五字、受信は百十字が目標。それを毎日練習する。間違うとその分だけの体罰だ。バットで尻を思いきり叩かれる。それは痛いのなんのと話にならないほど痛い。そ叩いた上官は「軍人としての体力、精神力を鍛えることによって、一日でも長生きさせたいと思うから、決して恨むなよ」だった。叩かれることが当たり前の時代。

通信は全部暗号だった。本文の暗号化、送信、受信、解読する人に区分されていた。例えば「ツセフ＝我が機敵機に攻撃を受けている」と……。終戦近くには本当に忙しかった。

終戦近くなって、無線機のボリュームを上げてゲージを回すと、アメリカ軍の日本向けの放送が聞こえた。禁止されていたが時々聞いた。日本語での戦況内容だった。「大本営発表は間違っている」とか繰り返し放送していた。私たちは日本は勝っていると思っているからアメリカの放送は信用していなかったが、広島や長崎に新型爆弾が投下されて多くの人たちが死んでいることや、ソ連が参戦したとか放送があった時は、日本負けるのではないかと思うようになった。放送には里心をくすぐるような歌〽幾年ふるさと来てみれば（「故郷の廃家」）など、多くの流行歌も流れていた。日本はずっと勝つと思っていた。負けたと知って、多くの人は魂の抜け殻となった。

109

子供が死んだ母親にすがりついて泣いていたのは、今、思い出しても悲しくなる。

昭和4年3月28日生まれ　藁科《わらしな》　昭四郎《しょうしろう》

あの頃、小学校高等科★を卒業すると男は軍隊へ志願するか徴用されて軍需工場で働き、女は産業戦士とかいって横浜や富山の工場へ働きに行った。俺は次男だから軍隊で飯を食うつもりで水兵へ志願した。検査官に「お前は海軍の衛生兵に適している」なんて言われて、広島県の安浦海兵団に決まった。昭和十九年、十六歳だった。県の兵事係に引率されて汽車で二泊三日かかって入団した。汽車の中で家から持っていった笹巻を食ったこと思い出すなぁ。

賀茂海軍衛生学校の衛生術練習生として入団した。昭和二十年六月まで学科と実習の勉強、その後、軍医下士官、それに俺と日赤の看護婦十一人が一組になって海軍病院の勤務をした。俺は一番若かったもんで年上の看護婦たちにめんごがられてよぅー。フフフ。

そうしているうちに、八月六日、広島へ原爆が落ちた。俺たちは爆心地から二十キロくらい離れていた。あの光は鏡を太陽に向けてピカピカさせた時のようだった。キーンと音がして、耳がしばらく聞こえなくなった。

八月八日、救護のために出発。途中トラックが故障したので陸軍用修理工場へ頼んだら、海軍の自動車は修理できないと言われて、押したり引っぱったりして街に近づいたら、道路一面、死体で通れない。どうにかして救護所を開設して活動を始めた。

俺たちが爆心地へ行ったのは三日後だった。一瞬にして死んだ人より、三日間も誰にも助けられず助けを求めていた人々、特に、子供が死んだ母親にすがりついて泣いていたのは、今、思い出しても悲しくなる。一週間が過ぎてもあっちこっちが燃えている。夜はその明かりで被爆者の治療をしていたんだから。

あの時の広島市内の出来事はどんなに話しても終わりがない。市内全体が茶褐色と黒のペンキを撒いたようだった。

話、急に変わるけれど、俺、昭和五十年にバス旅行で広島へ行った。その時、平和公園で、俺たちのバスの新人ガイドがノートを見ながら説明を始めた。そこは昔、俺たちが救護活動をした場所だった。とても話にならなくて、「俺が説明するからマイク貸せ」と、三十年前のことを思い出しながら一生懸命に話をした。みんな真面目に聞いてくれた。ガイドには「山形の方がなぜ知っているの?」と不思議がられた。当時の話をしたらガイドから何回もお礼を言われた。乗客みんな、俺の話聞いて「良かった」「良かった」と言ってくれた。

特攻隊への志願があったが、俺、十四だったために外された。

昭和5年7月30日生まれ

金子《かねこ》　一《はじめ》

俺たち犬川小学校の高等科★二年生は、昭和十九年夏、大政翼賛会幹部の教頭に「兵隊へ志願しろ」と言われた。同級生三十八人中二十二人が宮内に一泊して受験し、俺を含めて四人合格よ。二次試験は舞鶴海兵団、そこでも合格だった。秋に松山海軍航空隊乙種第二十四期飛行予科練習生への入隊通知が来た。

　担任の泉妻仁平先生に挨拶文を書いてもらい、それを全校生徒の前で話した。どんなこと言ったかは忘れたが「日本は必ず勝つ」「国のために」と言ったと思う。先生の書いた文を読むだけよ。出発の日は親類や近所の人たちが集まっていたなぁ。母の作った赤飯を食って、いざ出発という時、担任の泉妻先生から「お母さんに、お別れを言いなさい」と言われた途端に涙が出てよ。すると母に「帝国軍人になる者がなんだ」と叱られた。涙は犬川駅★から汽車に乗っても止まらなかった。ほだごでぇー、十三（歳）の子供だもの。犬川村での予科練は俺が最初で最後だった。

　この手紙、母親から来たった手紙だ。

「注文の品、班長殿がお許しとのことなれば取りまとめて、今日、小包にて送りました。メンタム三ツ、傷薬ヨードホルム二ツ、軍手一ツ、褌《ふんどし》二ツ、古サル又一枚、包帯に針と糸と風呂敷一枚。お前の体には決してあやまちやけがのない様に朝夕神様にお祈りしていますから、気おくれしたり、おぢけたりせづ勇気を出してどしどしやるんですよ。こちらは今日（二十年二月五日）で三日間大吹雪です。まだ止む様子がない。サヨーナラ。母より」

兵舎ではお互いに母親や姉たちからの手紙を回し読みして、みんなでワイワイ泣いたもんだ。十四（歳）の時だった。

入隊後は毎日、海軍精神をバットで叩き込まれた。一応の教育を受け終わった頃には飛行機も油もない状態。ある時、特攻隊への志願があったが、俺、十四（歳）だったために外された。その後、鳥取県西伯郡の民家へ泊まって飛行機用の油にする松の根っこ掘りよ★（松根油）。毎日、国防婦人会が食う物を持って来た。あれはうれしかったなぁ。俺たちは自分の子供と同じ年頃だから親切にされた。

八月十五日、役場へ食料品を買う切符をもらいに行ったら、職員みんなが、ワイワイ泣いているのよ。「戦争負けた」ってなぁ。俺は家に帰れるから喜んだ。お盆過ぎ、無蓋貨車に乗って三日目に犬川駅に着いた。どこを通って来たかは思い出せない。

学校に寄ったら島貫豊子先生と島貫りつ子先生がいて、「御苦労だった」と言われた。

あとがき

取材した多くの元兵士は、自らの軍隊生活を戦後数十年にわたって妻や子どもたちに話していました。少し酒でも入れば必ず戦争の話が出るらしく、毎度、同じことを話す主人に、父に、うんざりしている家族が大部分でした。

私が訪ねていくと、会った途端に「待ってました」とばかりに話が始まります。二時間も三時間も一方的に話が続いたり、三回も通ってやっと話が終わったこともありました。

元兵士たちは、戦友の死の場面では涙を流し、悲しみをこらえての長い沈黙、「どうしても話せない、話したくない」と顔を上に向け続けたり、「これから話すことは書くな」と私のメモ書きを止めたり……、六十年経っていても心の整理がつかずにいるのでした。私はそこに戦争の無残さを感じ、メモする手が動かなくなることもしばしばありました。

「軍隊は運隊だ」と多くの元兵士は話してくれました。生死の狭間で毎日を過ごした彼らからいくら説明されても、解説されても、戦争を知らない私には理解できないことがいっぱいありました。ただ、取材した兵士たちの話を元に世界地図を広げてみると、小さな日本が、とても勝てるとは思えない範囲に軍事進出しています。ある調査によると、戦地に着く前に船と共に海底に沈んだり、戦地に上陸したものの、敵と戦う以前に武器も食料も届かなかったりと、「戦死」したといわれる兵士の約七割は「戦うことなく死んだ」ともいわれています。

徴兵体験を語っていただいた百十人の元兵士たち。今も元気に余生を過ごされている方もいらっしゃいますが、多くは九十歳を過ぎました。

自宅前で交通事故死した人間魚雷「回天」の小隊長。ゲートボール大会で優勝した帰りに自宅の玄関で倒れ息を引きとった騎兵隊員。昨日葬式が終わったばかりだと仏壇の前から離れない老妻の夫は蔣介石からの勲章を宝物にしていた憲兵。戦争の話の続きを聞きたくても、もはやそれが難しい状態になってきていることも事実です。

戦地に赴かれた方はもちろん、先の大戦を経験された方も著しく少なくなってきている今、七十年前の全国民を不幸にした戦争の真実を学び、平和の大切さを理解してもらいたいと願っています。

最後になりましたが、百十人もの元兵士に出会えたのは、米沢新聞の深沢幸子記者をはじめ、多くの知人、友人のおかげです。数え切れないほどの人々にお世話いただいて、この本を出版することができました。この場を借りて深く感謝申し上げます。

二〇一四年八月

阪野吉平

用語解説

赤とんぼ　第二次世界大戦中の日本海軍の練習用飛行機。目立つようにオレンジ色に塗られたことから別名「赤とんぼ」と呼ばれていた。九三式中間練習機が代表的。乗員二名。最高速度二一〇キロ。

赤湯　山形県の現・南陽市にある赤湯地区のこと。

吾妻山　山形県と福島県の県境に沿って伸びる山の総称。最高峰は西吾妻山二〇三五メートル。

一斗缶　一斗＝十八リットルの角型缶。灯油缶。

犬川駅　山形県東置賜郡川西町にある米坂線の駅。

インパール作戦　中華民国を軍事援助する連合軍輸送路を遮断するためインド北東部のインパール攻略を目指した作戦。昭和十九年三月から七月まで行われた。

エン故　エンジントラブルのこと。

外套　オーバー・コートのこと。

外蒙古　当時のモンゴル人民共和国（現在のモンゴル国）のこと。

カテ飯　穀物を節約するために植物性の食材を増量材として加えた飯。

下士官　将校（士官）の下、兵の上に位置する。陸軍では、「曹長」「軍曹」「伍長」、海軍では「上等兵曹」「一等兵曹」「二等兵曹」のこと。

加藤完治　日本の農本主義者で満蒙開拓の推進者。農本主義とは立国の基礎が農業にあると考える思想。

箝口令　軍にとって不利になる情報を他言無用とする命令。

関東軍　満州に駐屯していた日本陸軍部隊。ここでいう関東とは、万里の長城の東端とされる山海関の東側「関東州」（遼東半島）に由来し、日本の関東地方とは無関係。

甲板　船のデッキのこと。「こうはん」とも読む。

機銃掃射　機関銃によってなぎ倒すように撃つこと。戦闘機からの機銃攻撃。

教育召集　教育のため第一補充兵を召集することで、第一補充兵役の初年に行う。

教導学校　下士官を養成する陸軍の教育機関。

機雷　水中に敷設し、船などが接触すると爆発する兵器。

金鵄勲章　軍人軍属で、戦功があった者のみに授与される勲章。

勤奉隊　勤労奉仕隊の略称。

苦力　下層階級の単純労働者。クーリー。

首実検　面会させて本人か確認する作業のこと。

軍属　軍人以外で軍隊に所属するもののこと。

芸者置屋　芸者を抱え置いている家。自家に客を迎えず、茶屋、料亭に芸者を差し向ける。

甲種幹部候補生　幹部候補生に採用されると、ただちに一等兵に昇進し、三か月で予備役士官になる者のこと。

高等科　尋常小学校六年間の後の、高等小学校二年間のことを指す。昭和十六年の国民学校令の施行以降は、国民学校高等科と言った。

コーリャン　高粱。モロコシの一種。乾燥に強く、稲が育たない地域でも収穫できる。

黒竜江　中国とソ連（現在のロシア）との国境の河。ロシア語名はアムール川。

小作　地主に小作料を払い土地を借り農業を営むこと。

古参兵　広義では、先に入営している兵のことを指すが、一般的には、入営年次が先、あるいは、現役除隊後再召集された者のことを指す。

小松　山形県東置賜郡川西町の小松地区のこと。

コルホーズ　ソビエト連邦の「集団農場」のこと。大規模国営農場は「ソフホーズ」。

坂町　新潟県の新津駅から秋田駅までを結ぶ現・JR羽越本線にある駅。ここから山形県の米沢駅まで米坂線が伸びる。

塹壕　戦場で兵隊が敵弾を避けるために身を隠す溝。

山西軍　閻錫山の率いる軍隊。蔣介石と同盟を結んだものの後に対峙。日本軍とは対峙していたものの停戦協定を締結。国共内戦において中国人民解放軍に追われ一九四九年に消滅。

三八式　三八式歩兵銃（三八式小銃）のこと。明治三十八年に陸軍に採用されたことに由来する。

山砲　山岳地帯など通常の「野砲」が使えない地形でも、分解して運搬し使用できる砲。

輜重兵　軍隊に必要な食料、被服、武器、弾薬などを輸送する兵隊。

支那事変　昭和十二年七月の盧溝橋事件から拡大した日本と中華民国との間で行われた大規模かつ長期に渡る戦闘。「日中戦争」のことで、当時の日本での呼称。両国ともが宣戦布告を行わなかったため、「事変」という。

主計兵　海軍で、経理事務、軍需品、被服、調理などを担当した兵士。

手榴弾　手で投げる小型の爆弾。手投げ弾。歩兵の基本装備。

巡洋艦　戦艦より小さく、駆逐艦より大きい軍艦。重巡洋艦は巡洋艦の中でも大きいもの。

傷痍軍人　戦争で大けがをした軍人のこと。

焼夷弾　爆発により攻撃物を破壊するのではなく、発火性の薬剤により攻撃物を火災に追い込む投下弾。

将校　日本陸軍では、少尉以上の階級の総称。

松根油　松の切り株を熱分解処理することによって得られる油状液体。飛行機用燃料として利用が試みられたが実用化しなかった。

徐州作戦　昭和十三年四月七日から六月七日まで行われた日本軍と国民革命軍（中国軍）による戦い。

白鷹　山形県西置賜郡白鷹村（現・白鷹町）のこと。

白布温泉　山形県米沢市にある温泉。

シンガポール島作戦　昭和十七年二月十五日シンガポールは日本軍によって陥落。日本占領下では昭南島と改名。

制海権　海軍力によって海域を支配する能力のこと。

制空権　航空兵力によって空域を支配する能力のこと。

青年学校　戦前、小学校卒の勤労青少年に、実業教育、普通教育および軍事教育を行った学校。

掃海艇　機雷を取り除く軍艦。

曹長　下士官の最上位。軍曹の上、准尉の下の階級。

租界　当時の中国で、外国（人）が、さまざまな特権を持っていた地域。

即日召集　除隊（兵役満了）と同時に、再召集される（兵役継続となる）こと。

ソロモン海戦　第一次ソロモン海戦、昭和十七年八月八日～九日。第二次ソロモン海戦、昭和十七年八月二十四日。第三次ソロモン海戦、昭和十七年十一月十二日～十五日。いずれもソロモン諸島付近で行われた戦い。

大尉　中尉の上、少佐の下の階級。陸軍の場合は中隊長などを務める。

大発　日本軍が開発、使用した上陸部隊を乗せて海辺に直接乗り上げることの出来る小型舟。

蛸壺　戦場で兵士一人が隠れるための小さな穴。

中郡　山形県東置賜郡川西町中郡地区のこと。

中原会戦　昭和十六年五月から六月にかけて山西省南部で行われた日本軍と中国軍の戦闘。日本軍が大きな戦果を上げた。

中隊　一五〇名程度の部隊。中隊長＝大尉。

張鼓峰　満州国の東南端。昭和十三年七月二十九日から八月十一日、ここでソ連との大規模な国境紛争が起こった。

徴発　軍事用に強制的に物資を取り立てたり、人を呼び集めること。

町歩　一町歩＝約九九一七平方メートル（一万平方メートル＝一ヘクタール）。二百五十町歩は正方形の土地に換算すると、一辺が約一六〇〇メートルになる。

徴用令状　兵役を含まない労働に就かせるための呼び出し状。軍隊の召集令状を「赤紙」というのに対し、徴用令状は「白紙」と言われた。

デフ　デファレンシャルギア（差動歯車）の略。

灯火管制　夜間の敵攻撃を避けるため、照明の使用を制限すること。

当番兵　身の回りの世話をする兵。数々の雑務を担当する兵。

トーチカ　鉄筋コンクリート製の防御陣地。

独立守備隊　南満州鉄道を守るための歩兵隊。

唐鍬　農具の一種。開墾、植林、根っ子を切る時に使う鍬。

頓服　その病気の真の原因を治すためではなく、表面的な症状（熱や痛み）の緩和を目的とし、発症ごとに服用する薬。一回分を一包としてある。

中津川　山形県西置賜郡飯豊町中津川地区のこと。

糠野目　山形県東置賜郡高畠町糠野目地区のこと。

ノモンハン事件　昭和十四年五月から九月にかけて、満州国とモンゴル人民共和国の国境線をめぐって発生した日ソ両軍による国境紛争事件。

迫撃砲　構造が比較的簡単かつ軽量で、破壊力の強い砲弾を発射できる火砲。

幕舎　テント張りの兵舎。

八路軍　中国共産党軍（紅軍）のこと。

発疹チフス　衛生状態の悪い寒い地域で、シラミやダニによって媒介される伝染病。

バラック　にわかづくりの粗末な建物。

ハルマヘラ島　ハルマヘラ島のあるモルッカ諸島は、昭和二十四年に、インドネシアとなった。

ピータン　アヒル、ニワトリ、ウズラなどの卵を灰の中で熟成させたもの。

匪賊　敵の民間武装集団。ゲリラ活動を行う。単なる盗賊集団を指す場合もある。

被服廠　陸軍で被服品の調達、製造、管理、配給を行った工場と機関。

俵　米を量る単位。一俵は四斗。十八リットル（一斗）×四＝七十二リットル。重さにすると六十キロ。

分哨　分かれて見張りをすること。

ペチカ　ロシア式の暖炉。

奉安庫　戦前、御真影（天皇と皇后の写真）や教育勅語を納めていた建物。

奉公　家・商家に住み込んで、召し使われて勤めること。

奉天　現在の遼寧省の省都・瀋陽市に当たる。

砲兵　陸軍において火砲を取り扱う兵隊。

補充兵　徴兵検査に合格したものの指名を受けず入営しなかったものや、常備兵役を終わったものが服す兵役。

歩哨　警戒や見張りをすること。

巻狩り　大勢で四方から獲物を追い詰める猟。

マラリア　ハマダラカという蚊にさされマラリア原虫が

体内に侵入し発病する。発熱にとどまらず、脳症や急性腎不全など合併症を起こし、死につながることも多い。

満州事変　昭和六年九月十八日、中華民国の奉天郊外の柳条湖で、関東軍が南満州鉄道の線路を爆破した事件に端を発す、日本と中華民国との間の武力紛争。

密偵　スパイ。

宮内　山形県東置賜郡宮内町（現・南陽市宮内）のこと。

無蓋貨車　雨に濡れてもよい荷物を運ぶ屋根のない貨車。

明治節　明治天皇の誕生日記念日。十一月三日。

有蓋貨車　天井や扉のついている箱型の貨車。雨に濡れてはいけないものを運ぶ時に使う。

友軍　味方の軍隊。

油槽船　石油を運ぶ船。

予科練　海軍飛行予科練習生の略。海軍の飛行搭乗員養成制度。十四歳から二十歳で三年の教育を受ける。

糧秣　兵隊の食糧と軍馬の秣《まぐさ》のこと。秣とは馬や牛の飼料となる草のこと。

旅団　陸軍において、「師団」より小さく、「連隊」と同じか、それより大きい部隊。

レイテ沖海戦　昭和十九年十月二十三日から二十五日にかけてフィリピンとその周辺海域での日本軍と連合軍（アメリカ軍とオーストラリア軍）における海戦の総称。この海戦で初めて神風特別攻撃隊による特攻攻撃が行われた。

肋膜炎　肺の外部を覆う胸膜に炎症が起こる疾患。現在は胸膜炎という。

零戦　零式艦上戦闘機、通称「ゼロ戦」のこと。

用語解説参考文献

Wikipedia
大辞泉
大辞林
日本国語大辞典

名称索引

※数字は頁数でなく話数

海外地名索引

※数字は頁数でなく話数

捕虜索引

※数字は頁数でなく話数

被爆索引

※数字は頁数でなく話数

邦暦西暦対照表

明治四十年	１９０７年
大正元年	１９１２年
大正五年	１９１６年
大正十年	１９２１年
昭和元年	１９２６年
昭和五年	１９３０年
昭和十年	１９３５年
昭和十五年	１９４０年
昭和二十年	１９４５年
昭和三十年	１９５５年
昭和四十年	１９６５年
昭和五十年	１９７５年
昭和六十年	１９８５年
平成元年	１９８９年
平成十年	１９９８年
平成二十年	２００８年

※明治四十五年＝大正元年
大正十五年＝昭和元年
昭和六十四年＝平成元年

阪野　吉平　さかの　きちへい

1935年　山形県東置賜郡川西町中郡生まれ。

1956年　山形県立農業講習所（現・県立農業大）卒業。

同年、地元農業協同組合へ就職し34年間勤務。タウン誌などに写真日記の連載を多く手がけ、人物、花、山岳などをテーマとした個展開催は40回以上。県展連続入選。写文集として『山を下る　山形県一等三角地点紀行』『てっぺんで逢う　置賜二等三角地点紀行』「おしどり夫婦」（パート１～３）、写真集として『古田歌舞伎　無形文化財指定　山形県小国町沖庭小五年生の記録』（財団法人松坂世紀記念財団褒賞）、編書として『絆』そのほかの著作物がある。

読者の皆様からのお手紙を楽しみにお待ちしております。

〒657-0068 神戸市灘区篠原北町 3-6

１７出版　『徴兵体験 百人百話』係　まで

◎本書内容の正誤表は、小社ホームページの

『徴兵体験 百人百話』のページにリンクしてあります。

徴兵体験 百人百話

著　者	阪野 吉平
発行日	2015年8月15日　第1刷 2018年1月　1日　第2刷 2024年12月17日　第3刷
発行者	中野 吉宏
装　幀	相良 薫（islay studio）
レイアウト・DTP	道上 舞
制作進行	宮本 一輝
校　正	河村 俊彦 櫻井 隆一
制作協力	皆藤 俊司 八木 彩乃
発行所	１７出版 〒657-0068 神戸市灘区篠原北町 3-6 電話　078-871-2549 振替　00910-5-110837
印刷所	モリモト印刷株式会社

Printed in Japan
ISBN 978-4-9900645-6-3 C0021

１７出版の本

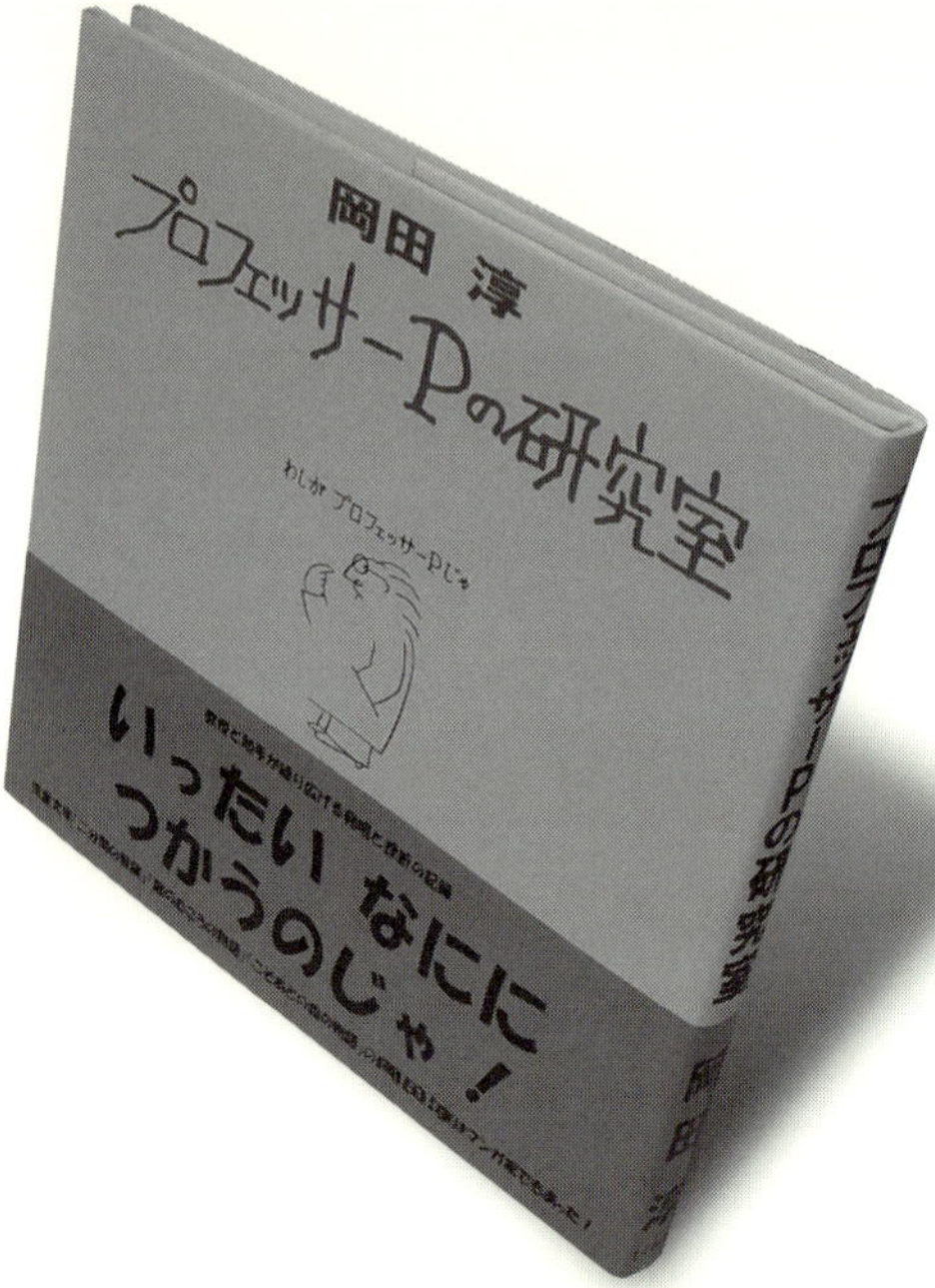

プロフェッサーPの研究室

岡田 淳

『扉の向こうの物語』『二分間の冒険』『放課後の時間割』「こそあどの森の物語」でおなじみの岡田淳が『ムンジャクンジュは毛虫じゃない』で児童文学界にデビューする前から20年に渡って「月刊　神戸っ子」で連載し続けてきた人気作品のベスト版。といっても児童文学ではなく、見開き２ページで完結するマンガなのです。自らをマンガ家と称する著者自身、大満足の１冊。岡田淳の児童文学作品の原点がこの１冊に濃縮されています。

１７出版の本

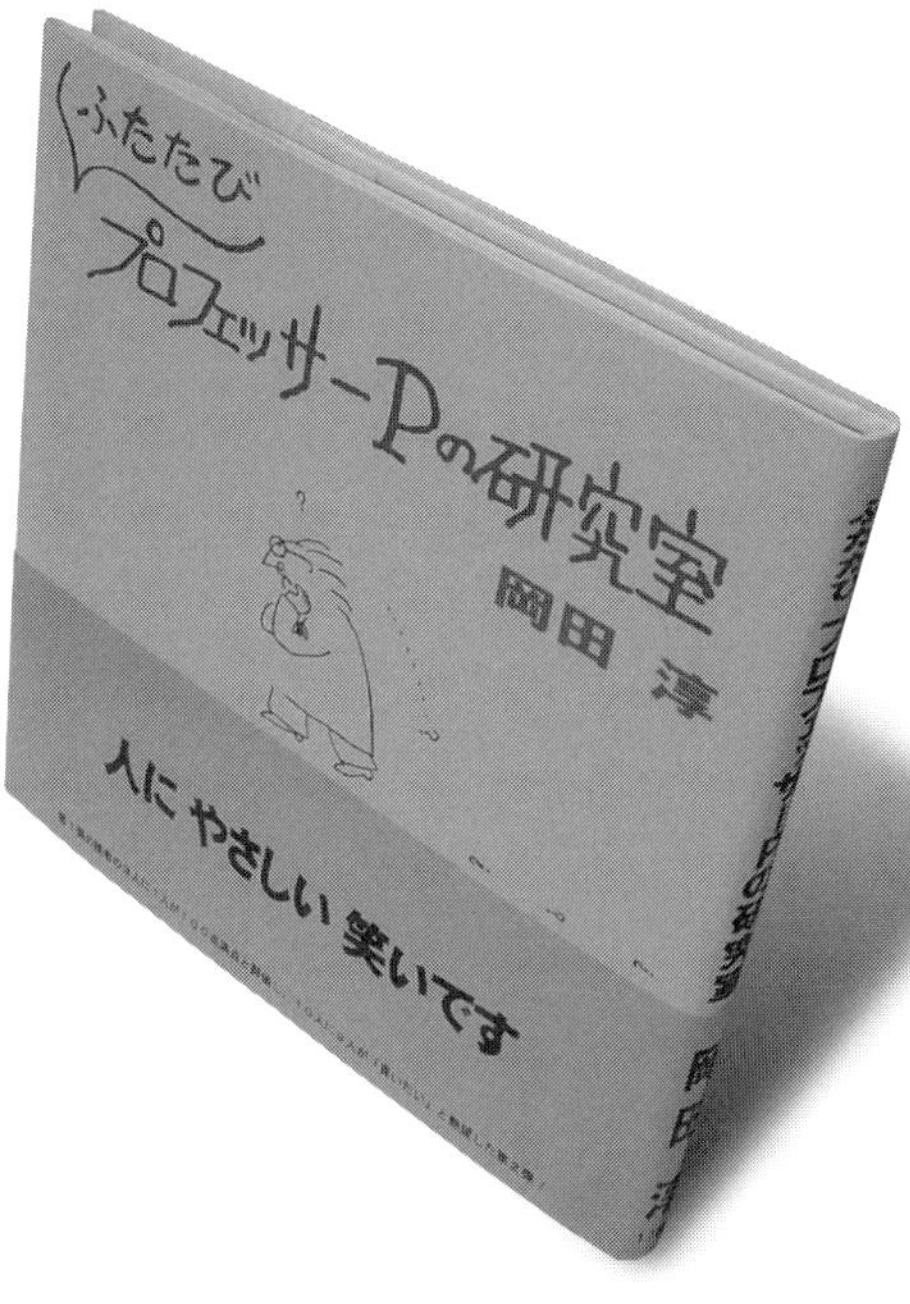

ふたたび プロフェッサーPの研究室

岡田 淳

「岡田淳さんがマンガ？ でも、ページを開いてみると、納得の岡田ワールドがありました。取り寄せて正解!!」（福島県 佐藤さん 39歳）
「読み聞かせのための絵本のつもりだったので届いたときシマッタと思ったけど、面白かった。小4の娘と、とりあって読みました。声を出して笑った」（茨城県 松本さん 40歳）

何度、読み直しても笑え、幸せな気分になれる１冊。
プレゼント本としても好評です！

１７出版の本

人類やりなおし装置

岡田 淳

戦争・環境汚染・不正・いじめ……
そんな悪いニュースばかりの世の中を救うため
あの教授と助手がノベライズされて帰ってきた!!

戦争体験記　募集

　あなたが体験された戦争体験記、また、ご家族が記録された戦争体験記、徴兵体験記、また、関連する写真などをお持ちの方はご一報いただければ幸いに存じます。すでに、自費出版、商業出版されたものでも構いません。
　また、これまでに読まれた戦争体験記や徴兵体験記の自費出版物や自主印刷物などで優れたものがございましたら、教えていただければ幸いです。

宛先：
657-0068
神戸市灘区篠原北町 3-6　１７出版

黒河
山神府
孫呉
アムール川
ハバロフスク
北省
興安東省
東安省
斉斉哈爾《チチハル》
宝清
密山
爾
哈爾浜《ハルビン》
林口
綏陽
牡丹江
南天門
ナホトカ
ウラジオストック
吉林
新京
長
白
山
脈
山形
奉天
錦県
州省
新義州
元山
大連
関東州
黄河
大田
釜山
青島
山
東省
余州
南京
揚子江
上海
杭州
高雄